集英社オレンジ文庫

ラストオーダー

～そのバーには、なくした想い出が訪れる～

真堂　樹

ラストオーダー

～そのバーには、なくした想い出が訪れる～

LAST ORDER Contents

ラストオーダー

～そのバーには、なくした想い出が訪れる～

LAST ORDER

Lost memories come to that bar.

何日かまえに小さなケンカをやらかした。

ケンカといっても、幼馴染《おさなな》み《じ》の男同士のいつものやつだ。

向こうがお決まりの理由で噛《か》みついてきて、こっちはこっちで毎度の調子で相手を逆撫《さかな》でするような返事をした。

連休初日。春山《はるやま》登山の出発日。

家を出るとき、リュックに入れるべき装備をひとつ置いて出た。別れたきり連絡をよこさなかった相手は、てっきり姿を見せないだろうと思ったから。

集合場所に、あっけらかんと笑顔で立つのを見たとき、素直に喜んでいったん家まで引き返せばよかった。

「よぉ、一臣《かずおみ》。おっはよー。天気オッケーみたいじゃん」

「……そうだな」

いつもと変わらず、ぶっきらぼうに返事をした。

通りすぎたばかりの低気圧のせいで、五月の山の頂上付近は白い雪に覆《おお》われていた。

風もなく、快晴で、空気は怖いくらいに澄んでいた。

「ひゃー、すっごい景色！　なあ、写真撮るから荷物ちょっと持ってて。おい、一臣ってば。ひとりで先、行くなよ」

「ビーコン、荷物に入れっぱなしだろ。放すなよ」

「ちょっとだけだって」

「ハーネスつけて装備しないと意味ない」

「あとでやるから。ほら、な。早く」

荷物を預かり、自分もしばらく眺めを楽しんだ。

はしゃいだ相手がカメラを手にどんどん離れていくのを、追いかけはしなかった。

見上げる山の頂《いただき》はコバルトブルーの虚空を突いて、彼の言うとおりそれはそれは見事な〝絵〟で、ここがもし天国だったとしたらわざわざ苦労して下界に降りなくてもいいじゃないかと、気楽に思えるほどだった。

シャッターを切りながらいちいち嬉しそうに悲鳴を上げるのを背後に聞いて、サク、サク、と踏みしめる雪の感触を味わった。

嫌な地鳴りを感じたのは、少しあと。

目を上げると、鮮やかな青のなかに雪煙が見えた。

ドッとたちまち世界が崩れて、いったいどれくらいの時間が経っただろう。それからのまともな記憶がない。

『由比《ゆい》！　どこだ、由比。返事しろ！』

声をからして彷徨《さまよ》い、夢中で叫んだ。

過去は琥珀《こはく》色だ。
ウイスキーに似ている。

真夜中はやさしい

【STRATHISLA】

LAST ORDER

Lost memories
come to that bar.

1

賑《にぎ》わう駅前。

人が行き交うバスのロータリーに面しているというのに、まるでその界隈《かいわい》だけ時間の流れから取り残されたようだった。

せせこましく肩を寄せ合う小さな店々のあいだを、ほそくて薄暗い通路が縦横に通じている。軒《のき》を接して建つ古い建物のあいだの小路は、晴れた日でも薄暗く、雨が降ろうものならジメジメといつまでも路面が乾かない。

おっかなびっくりくぐる細道の入口には、夜になると明かりがつくのか、レトロな電飾に飾られたプラスチックの看板が掲げられていた。

「よ……よんさん小路？」

看板に書かれた〝四三小路〟をくびを傾《かし》げつつ読んで、優花《ゆうか》は小さく溜息をついた。

街に出てきたのは百貨店の開店時間に合わせてだった。それからいままであちこち探しまわったが、これというプレゼントは見つからない。季節はまだ春だが、だいぶ歩いたので半袖《はんそで》のワンピースの背中が汗に濡れている。

「お腹、すいたぁ」

時計を見ると、二時四十分。キョロキョロあたりを見まわして、小路の中ほどの店の軒先に、あまり客を誘うつもりのなさそうな木のプレートが引っかかっているのに気がついた。

どうやらそこから味噌汁らしい、いい匂《にお》いが漂ってくる。ぐぅ、と鳴るお腹をおさえて、優花は靴《くつ》のヒールが汚れないようつま先立ちで、湿った通路の奥へとすすんだ。

「こんにちはぁ」

ガラ、と力を込めて15センチほど開けてみた引き戸は、上三分の一ほどが磨《す》り硝子《ガラス》になっている。おもてから店のなかの様子は確かめられない。その戸に「本日豚汁定食六五〇円」と殴《なぐ》り書きのメモが貼り付けてあった。

「あのぅ……ランチって、まだやってますか?」

ひょこ、とのぞき込んで訊ねたが、店のなかは暗い。硝子越しにおもての明るさが射し込めばいいのだが、あいにく小路自体が薄暗いので、目が慣れるまで店内はまるで見通せない。

「あの！」

「やってるよ」

ふいに返事があって、かえって優花は驚いた。

お腹がペコペコでなかったら、薄気味悪い小路には踏み込まなかっただろうし、いくら味噌汁の匂いが漂っても、こんな寂れた店の戸は開けなかった。若い男の声に一瞬ひるんで後退りかけたところで、足首を何か鋭いものにつつかれた。

「きゃあ」

思わず叫んで、気づくと店のなかに飛び込んでいた。

「いらっしゃい」

あ、と顔を上げると同時に、パチと電灯がつく。

ふり返って足をつついた犯人を確かめると、戸口のところに一羽の鳥がいた。羽も目も嘴《くちばし》もツヤツヤと黒い。カラスだ。カラスにつつかれたのだとわかって、優花は慌ててバッグからハンカチを取りだし、ゴシゴシと足首を拭いた。

「ダメだろぉ、カロン。かわいい女の子つついちゃあ」

声のほうを見上げると、若い男の姿があった。

カウンターの向こうに、二人。一人は明るい茶色のウエーブがかった長めの髪で、もう一人は短い黒髪。黒髪のほうはTシャツにデニム、茶髪も白シャツにデニムというラフな服装である。どちらも二十代だろう。連れ立って大学のキャンパスを歩いていたら、女子がこぞって注目しそうな外見だった。

……かっこいい、よね？

つい思ってしまって、優花は、つい最近できたばかりの彼氏に「ごめん、麦人《むぎと》くん」と、心のなかで謝る。

カウンター前にスツールが七つ並んでいて、狭い店のなかに他に席はない。真ん中のスツールに、優花はちょこんと腰かけた。

「すいません、定食お願いします。よかったぁ」

小鍋《こなべ》をコンロにかけながら、長身の黒髪がぶっきらぼうな声で言う。

「〝よかった〟？」

どういう意味？　と不審そうに問いただされて、優花は肩をすくめて説明する。

「ランチのラストオーダー、二時半までっていう店が多くって。カフェはどこも混んでて入れなかったし。ここが開いててよかった、っていう意味です」

「ふうん」

気のない返事をよこされて、優花は「ザンネン」と口をとがらせ、減点する。

……かっこいいけど、愛想悪い！

長めの茶髪を無造作《むぞうさ》に束ねたもう一人が、気安い調子で話しかけてくれる。

「ツギハギ横丁ははじめて？」

黒髪の店員に比べると細身《ほそみ》で、女顔とまではいかないけれど、美青年アイドル好きに追いかけられそうな顔だちだ。こちらは声色といい態度といい、だいぶ愛想がいい。

「このあたり、最近またカフェが増えたけど、そのぶん客も増えたからねぇ。もしかして星林大《せいりんだい》の学生？」

「はい、そうです」

「やっぱり？　あそこ、かわいいコが多いって噂なんだよね」

カウンター越しに笑顔で言われて、優花は思わず照れてうつむいた。

ガツンと音がして、とたんに茶髪がきれいな顔を歪める。

「痛《い》って！　一臣《かずおみ》、蹴《け》んなよ」

「おまえがサービス過剰《かじょう》だからだろ。さっさとトレーよこせ、由比《ゆい》」

二人のやりとりがなんとなく滑稽《こっけい》で、ついクスと笑ったとたん、優花の気分はあっけなく朗《ほが》らかになった。

「豚汁定食、お待たせ」

ぶっきらぼうな〝一臣〟が目のまえに置いてくれたのは、学食で出てきそうなプラスチックトレーだ。そこに大ぶりの根来椀《ねごろわん》に注がれた具だくさんの豚汁と、茶碗《ちゃわん》に山盛りのご飯、それから糠漬《ぬかづ》けの大根とニンジンの小皿がのっている。豚汁もご飯もアツアツで、盛んに湯気を立てている。

「いい匂ーい！」

いただきまぁす、と箸《はし》を持ち上げ、さっそくお椀に口をつける。ひと口飲んだ味噌汁は豚肉の脂《あぶら》が溶け出していて、空《から》っぽの胃袋が歓喜の声を上げそうなほど美味だった。

「美味《おい》しい！　これって作ったんですか？」

「……どういう意味？」

「馬ぁ鹿、一臣。褒《ほ》められてんだよ。とてもおまえが作ったとは思えないくらい旨《うま》いって」

「だとしたら、全然褒めてないだろ」

ご飯と漬け物を立てつづけに口に入れながら、優花はクスクスと笑ってしまう。

「この横丁、よく来るんですけど、いっつも通り沿いのカフェばっかり入ってました。こっちの、よんさん小路？　は初めてで。たまたま看板が見えたから」

奥の小路まで入ってきたのは今日が初めてなのだと、カウンター向こうの二人に告げる

と、

「ここは四三小路《よみこうじ》」

「ヨミ？」

「そ。でもって店の名前が『間《ハザマ》』で、今日みたいに不定期でランチ営業やってるけど、本業は夜のショットバー。カウンターうしろにズラッと並んでるでしょ？　ウイスキー」

「あ。ほんとだ」

「俺は由比で、こっちの無愛想なのが波佐間《はざま》。名前からしてわかるだろうけど、こいつがご主人様で、俺はこき使われてるかわいそうなバイト」

ニッコリ笑った由比が「よろしく」と言ってカウンター越しに右手を差し出してくる。それをすかさず波佐間が「ムダな愛想振りまくなよ」と引っ込めさせる。

優花は、彼らの背後の棚《たな》に初めてしっかり目を向けた。

「うわぁ、たくさんですね。棚の上」

「バックバー」

カウンターうしろの棚をそう呼ぶのだと、波佐間が教えた。

由比が背後をふり返りながら、

「うちはスコッチウイスキー専門だから、他の酒は置いてなくてさ。ちなみに、こいつ《一臣》は偉そうな顔で立ってるけど、じいさんから店譲《ゆず》り受けただけ。できることっていったら、瓶《びん》あけてグラスに注いで、せいぜい氷か水かソーダ水を足すだけだよ」

それでもよかったらバータイムに来てよ、と由比が宣伝する。

大盛りの豚汁をすっかり食べ終え、ちょっと迷ったすえにご飯も残らずお腹に入れてしまった優花は、バックバーに並ぶウイスキーボトルを眺めて、胸を弾ませた。

……そうだ。ここに連れてこよう。

「実は、カレシがウイスキーに凝《こ》ってるんです」

いい思いつきだと嬉しくなったところで、カツンカツンと音がするのに気がついた。店の入口のほうからだ。

「カロンだ。困ったやつ」

「カロン?」

「カラスだよ。『間』の〝看板鳥〟。さっき入ってくるとき、つつかれてたでしょ」

あっ、と思い出して、とたんに足首を拭き直したくなる優花である。

すると、

「誰彼かまわず、つつくわけじゃない。歓迎されたんだ」

ぶっきらぼうに店主の波佐間が言った。

……あんまり歓迎されて嬉しい相手でもないけど。

優花は肩をすくめつつ、漬け物の最後の一切れまで残らずたいらげ「ごちそうさま」を言う。スツールから立って、六五〇円をきっちり支払った。

ランチどころとしては他と比べてちょっと安めな値段設定がいい。ツギハギ横丁はいわゆる〝おしゃれスポット〟で、店員二人の見た目は友だちを連れてきたら自慢できそうだ。カラスは……二度目の歓迎がないというなら、そのうち慣れてかわいく思えるようになる可能性もありである。

「今度、夜に来ますね。バーって何時からですか？」

「二十時」

ぼそっと応える波佐間のとなりで、由比がひらひら手を振っている。

「夜の八時から午前一時までね。次はカレシ連れておいで。お待ちしてまぁす」

2

〝住んでみたい場所ランキング〟の上位につねに名前があがる東京郊外の街である。閑静《かんせい》な住宅街と、緑豊かな公園と、駅周辺の賑《にぎ》わいとがうまい具合に馴染《なじ》み、週末には大勢の買い物客が押し寄せる。

駅前のツギハギ横丁は、もとはといえば戦後にできた闇市《やみいち》のひとつで、いまでも当時の雰囲気《ふんいき》を色濃く残す場所だ。間口が狭くて天井の低い木造がひしめき合うように建ち並び、日当たりや風通しがいいとはお世辞《せじ》にも言えない。けれど、その薄暗さがかえって〝アタラシイ〟と、ここ十年ばかりのあいだに若者の集まるカフェや洋服屋がだんだんと増えた。

五つある小路にはそれぞれ名前がついていて、ロータリーに面した〝野良犬小路《のらいぬこうじ》〟には洋風居酒屋や、アクセサリーショップ、ドーナツのテイクアウト店などが凝《こ》ったデザインの看板を連ねる。築数十年の二階建てをそのまま使っているところもあれば、すっかり外装を直して女性好みの白壁に塗り替えた店もある。

とはいえ、界隈《かいわい》ではどこも雨漏《あまも》りや軋《きし》み、屋根の傾きは当たり前だ。新規参入の洒落《しゃれ》た店のあいだに、昔ながらの青果店や鮮魚店、天井の煤《すす》けた居酒屋などがしぶとく生き残っている。心得ずに奥へと踏み込んだ侵入者は、むしろそういう店々のほうが小路の主役なのだと気づいて、無遠慮《ぶえんりょ》に足をすすめることをふと躊躇《ちゅうちょ》する。

『間』は、そんなツギハギ横丁のなかのもっとも寂《さび》れた四三小路に、もう十年以上まえから開く店だ。

「水曜だよな」

「ああ。水曜だっけ」

夜。

客のいない店内で、くわえ煙草《たばこ》の波佐間が、ぼそっと曜日を確かめた。

遅めの時刻に開いて、ウイスキーのほかは柿の種《たね》しか出さない『間』は、よそでさんざん飲み食いしたあと、最後に気紛《きまぐ》れでふらりと立ち寄るたぐいのバーだ。ふだんから流行《はや》ることはない。二年前までは波佐間の祖父が営《いとな》んでいたが、一度店を閉じたので、当時の常連客もなくなった。

加えて、そもそも四三小路の廃《すた》れっぷりが凄《すさ》まじい。駅とは反対側の横丁の北東隅が入口で、筋《すじ》に並ぶ店舗《てんぽ》の大半がシャッターをおろしたままになっている。そこは、地元ではかなりまえから曰くつきの場所として知られていて、まるでその噂《うわさ》を証明するかのように、近隣の賑わいからはポツンと取り残されている。通りがかった客が首をのばしてのぞき込んでも、そこに営業している店があるとはなかなか気づけない。

バー『間』の店主の波佐間一臣は、二十代なかば。アルバイト店員の由比とは幼馴染《おさななじ》みだ。夜間の警備員がわりに店の二階に住み込みという条件で由比を雇い、二人して一年ほどまえから、この儲《もう》けの出ないバーを開けていた。

時計に目をやると、午前一時。

「そろそろ時間だ」

波佐間は由比に目配せをする。

通常午前一時閉店の『間』は、しばしば水曜に〝特別営業日〟を設けている。

カウンターを離れた波佐間は引き戸をガラリと開けておもてに出ると、入口のフックに掛けてあった木の看板の上下を、クルリと逆さまに入れ替えた。

マッチを擦って由比がキャンドルに火を灯す。

ミルク硝子《ガラス》のシェードの下の電灯をパチと消すと、橙色《だいだいいろ》のキャンドルの火影《ほかげ》が狭い店内をゆらりと舐《な》めた。

バックバーに並んだウイスキーのボトルが、それまでとは違う煌《きら》めきを放ちだす。

「カロンが来てる」

柱時計の振り子とは別に、コツコツという小さな音を聞き取って、波佐間が言った。

やがて、小路に面した磨り硝子の窓に、うすぼんやりと灰色の人影が映る。店のおもてでしばらく立ち止まったあと、静かに戸を開け、少し背を屈《かが》めながら、その客は入ってきた。

「いらっしゃいませ」

波佐間がいつもどおり、ぶっきらぼうに声をかける。

姿をあらわしたのは、見たところ六十代くらいの恰幅《かっぷく》のいい男性だ。一見してちょっと異様な格好である。暖かい季節だというのに冬用のコートを着込み、しかも全身がずぶ濡れだった。

今日は朝から気持ちのよい快晴で、夜になってからも雨音が聞こえた時間はない。

「お好きな席にどうぞ」

波佐間は、どんな客に対しても変わらないそっけなさで声をかける。客は、うむ、とうなずいて、カウンターの真ん中、波佐間のすぐまえのスツールに慣れた様子で腰を落ち着けた。

「ウイスキーを……そうだな、ストラスアイラがあれば、それを」

はい、と応えた波佐間は、カウンター隅で気だるげに構えていた由比へ、チラリと目をやる。由比がバックバーの端からボトルを持ち上げる。中身は琥珀《こはく》色の酒ではなくて、ミネラルウォーターだ。

使い古したオールドファッショングラスを波佐間が差し出し、そこに由比が透明な水を注ぐ。

「どうぞ」

ひょい、と腕をのばして、由比がグラスを客のまえに置いた。

「ありがとう。うん、いい香りだ」

男はグラスを持ち上げて色と香りを確かめ、嬉しそうに目をほそめる。ふた口ばかり旨そうに飲んだあとに、

「近ごろどうかね、景気のほうは」

まるで馴染みのバーテンダーに声をかけるような調子で、そう言った。

「以前は銀座《ぎんざ》に行きつけがあったんだが、しばらく無沙汰《ぶさた》をしてしまってね。思い出したよ。懐かしい」

「そうですか」

「ここも、だいぶいい酒をそろえているね」

「ありがとうございます」

バックバーをひとしきり眺めたあとに、男は、思い出したように店の入口のほうをふり返る。

「……この時間になると、客はあまり来ないかね」

「そうですね、あんまり。もともとうちは流行《はや》るほうじゃないし」

「それはそれで静かでいい」

「誰かを、待ってるんですか？」

波佐間に訊かれて、男はふと黙った。物思いに沈む顔色でそのまましばらく沈黙する。白髪混じりの髪といい、仕立ての良さそうなコートといい、さぞかし濡れて冷たいだろうに、不思議なことにいっこうに気にかける様子がない。ゆったりとグラスを口に運ぶ仕草には、落ち着きがある。穏やかな話しぶりから会社経営者か、企業の重役ではないかと思わせた。

注がれた水を飲み終えると、名残惜《なごり》しげに柱時計に視線をやる。

「おかわり、どうですか？」

「いや、今夜はもう帰ろう。いい酒だった。また寄らせてもらうから」

スツールから立つと、財布《さいふ》から一枚取りだしてグラスの横に置いた。

「おやすみ。安らかな夜を」

「おやすみなさい」

建て付けの悪い引き戸を音もさせずに開けて、男はずぶ濡れのまま帰っていった。

客が去ると、待っていたように波佐間は煙草《たばこ》に火をつける。

ふう、と低い天井に向かって煙を吐くのへ、由比が顔をしかめて文句を放る。

「ちょっとは本数減らせよ、おまえ。長生きできないよ?」

女房気取りの幼馴染みをチラと横目で見ながら、波佐間は返事もせずに「ふん」と受け流した。

3

「だから出るんだってば。あそこって」

彼氏が来るまでのあいだ夕食につき合ってくれた友だちが、デザートのガトーショコラをつつきながら言った。

「嘘。なにそれ？」

優花はアイスコーヒーの残りを音を立てて吸い込んでしまい、ゲホゲホと咳《せき》をする。

「優花が行ったっていう四三小路だよ。嘘じゃないって。あたしの家、超地元だもん。おばあちゃんがそう言ってた」

「出るって、ユーレイ？」

「そう。おばあちゃんのお母さんが若いころ、戦地で死んだ兵隊の人とか、空襲で死んだ人とか、よく出たって」

「なーんだ。むかしの話？　脅かさないでよ」

ビックリしたじゃん、と口をとがらせ、優花はすっかり暗くなった景色のなかにボウッと浮かび上がるようなツギハギ横丁を見やる。つき合って三ヶ月の恋人は、麦人という。携帯を確かめると、夜までバイトで会えないと言っていた彼からのメールが入っていた。

ぱっと嬉しい表情になって、あたふた取りだす鏡で目もとをチェックする。

「来たよ。ありがとね」

「あーあ、いいなぁ。麦人くん、もうすぐ誕生日だっけ？」

「うん、明後日。けっきょくプレゼントは、本人に選んでもらうことにしたよ。気に入らないのあげてガッカリさせたくないし。代わりに、好きそうなバーに連れてくんだ」

今夜これからね、と教えて、けれどそのバーが四三小路にあるのだということは、なんとなく内緒にしておいた。

……よりによって〝出る〟なんて。聞かなければよかった。

せっかく彼氏を連れていこうと張り切ったのに、と優花は余計な話を忘れようと努力する。

友だちをバス停まで送ったあと、急いで駅の改札近くのアイスクリーム屋まで引き返すと、背はそれほど高くはないが、小さいころからやっているという空手のおかげでカッチリした体格の彼が、人待ち顔で立っていた。

「優花、こっち」

こちらに気づいて笑顔になる。

「ごめん。待たせちゃった？　着信気づかなくって」

「いいよ。来たばっかだから」

メールの着時間からすると十五分は待ったはずだ。一学年上の麦人は、年下の優花に対していつも大人っぽく、我慢強くふるまう。そういうところが頼もしくて、優花は好きだった。

「で、連れてきたいとこって、どこ？　言われたとおり晩飯はすませてきたけど」

「んとね、ツギハギ横丁の奥なんだ。このあいだ昼にランチしたの。夜はバーなんだって。よさそうなお店で……麦人くんってウイスキーが好きなんだよね？」

「好きだけど。何？　ショットバー？」

「うん。カウンターの後ろの棚《たな》って、バックバーっていうんだっけ？　ズラーッて瓶《びん》がいっぱいだったよ」

「へえ。まあ、いっぱい、っつったって、テキトーなやつばっか並んでたらダメなんだけど。でもま、優花が探してくれたんなら、嬉しいから何でもいいや」

しっかり手をつないで狭い小路の奥へと踏み込んだ。

「ええと、野良犬小路から入って、魚屋さんの角を右で、アジアン雑貨店の一本先からこっちに入る……」

案内役が迷ってはいけないからと、あのあと店の場所を調べ直した。しかし『間』というバーの情報はネット上ではほぼ皆無で、仕方なく四三小路の場所だけを確かめてきたのである。

「シャッターばっかだけど大丈夫?」

「うん。だいじょぶ、なはず。んー……あっ、四三小路ってここ! あったよ。あそこに看板見えた」

こっちだよ、と優花は恋人の手を引っ張った。

夜の四三小路は、入口角の小さな薬局の明かりが目立つだけで、想像以上の寂れようだ。時刻は二十時をまわっている。小路をたゆたう夜風に、『間』の看板が所在なげに揺れていた。

先日訪れたときと変わらず、店はやっているのか閉めているのかわからないような有様である。磨り硝子《すガラス》越しに店内の明るさが漏《も》れ出るものの、客を歓迎しようという雰囲気《ふんいき》はまるでない。よほどの馴染《なじ》みか、酔った勢いでつい引き戸に手をかけてしまったもの以外は、足の踏み入れようがないのではないかと思わせる。ランチタイムと違って本業のほうは少しは流行《はや》るのかと思いきや、人影も見えず、話し声も聞こえない。優花は内心「失敗しちゃった」と後悔した。

なんとなく入りづらくて店のまえに立ち止まると、麦人が、ぽん、と背中に手を当ててくれる。

「よさそうじゃん。入ろうよ」

その言葉にホッとして、ガラガラと引き戸を開けた。

「こんばんはぁ」

店に入ると、先日と同じくカウンターに二人の店員の姿があった。

「いらっしゃいませぇ……あ、このあいだの星林大の？」

すぐに気づいたとみえる茶髪の由比が、気軽に手を上げて迎えてくれた。

「へえぇ。予告どおりに彼氏連れてきたね」

「はい、来ました」

「いらっしゃい」

黒髪のオーナー波佐間が、予想どおりの無愛想でチラとこちらに目を向け、会釈《えしゃく》をよこす。優花を見て、それから、麦人の顔をジッと見る。

「好きな椅子《いす》にどうぞ。うちはスコッチと柿の種しか置いてないけど」

真ん中のスツールに腰かける麦人が、気後《きおく》れしない様子でうなずいた。

「かまわないっすよ。ウイスキーがあるからって、こいつが連れてきてくれたんです。へえ、すごいや」

バックバーにズラリと並んだボトルを眺めまわして、麦人は目を輝かせる。嬉しそうな彼の横顔を確かめて、となりに座った優花は得意な気分だ。

「ね、いいでしょ？」

「ん。すげえ。ありがと、優花。親父《おやじ》の飲んでたやつがある。本で読んだのも。えっと……向こうがハイランドで、こっちスペイサイドだ」

産地ごとにボトルが並べてあるみたいだと、興奮気味に麦人が言った。

「よく知ってるね」

ぶっきらぼうに褒《ほ》められて、麦人は照れた笑顔になる。

「親父がスコッチ党なもんで。俺もやっと去年、飲める歳《とし》になったから。ちょっとずつ勉強してて」

由比がグラスを拭きつつ、口を出す。

「それじゃきっと、うちの仏頂面《ぶっちょうづら》オーナーなんかより、よっぽど詳しいぜ。こいつは並んでんのをオーダーどおりに注ぐだけで、てんで酒オンチだから」

「黙ってろよ」

小皿にザラッと柿の種をあけながら、波佐間がぼそりと言った。

サービス精神ほぼ皆無の波佐間に、相方のぶんまで愛嬌《あいきょう》たっぷりの由比……正反対の二人の組み合わせに、優花と麦人は顔を見合わせてつい笑う。

「じゃあ、最初にマッカランお願いします。学生でも飲める値段のやつ。ロックで」

「あのぉ……あたし実は、お酒ダメなんです。ごめんなさい」

「だったら牛乳あるよ。ちょうど今日のランチがミルク入りの味噌汁だったから」

年代物の冷蔵庫から牛乳パックを取りだした由比が、波佐間に手渡した。

棚《たな》からマッカランのボトルをおろしてくる波佐間が、コンビニ売りのロックアイスを二つばかりグラスに放り込んで、そこへ琥珀《こはく》色のウイスキーを注ぐ。トクントクンという音に耳を澄まして聞き入る麦人が、懐かしそうに目をほそめた。

「はい、マッカランの12年」

牛乳を注いだグラスは、優花のまえへ。

ウイスキーとミルクで優花と麦人は乾杯する。

「もう少しでお誕生日おめでとう」

「つーか、何度もおめでとう言われたら早く歳《とし》とっちゃうだろ」

「あそっか。ごめん」

「別に、早く大人になんのはいいんだけどさ」

　グラスに鼻を近づけて、くん、とかいで、麦人はいっぱしの顔をしてみせる。

「マッカランってさ、シングルモルトのロールスロイスって言われてんだよ。〝名酒〟っていうのかな。ほら、きれいな色だろ？　匂《にお》い、かいでみる？　シングルモルトって、大麦麦芽《ばくが》だけから作られてて、同じ蒸溜所《じょうりゅうじょ》のウイスキーしか詰めてないボトルのこと言うんだけど」

　グラスを顔のまえに持ち上げられて、恐る恐る、くん、とかいでみた優花は「けほっ」とアルコールにむせた。

「強そう」

「ウイスキーって、アルコール度数四十度くらいだもんな。ワインとかと比べたら強いよ、そりゃ」

「でも色はきれい」

「蒸溜されたばっかりは透明なんだよ。そのあと樽《たる》に入れて寝かせるうちに、こういう色になんの。マッカランは、シェリー酒の樽しか使わない」

「ふぅん」

「ほんとは氷入れるのって邪道だけど、親父がそうやって飲むのが好きだったから……」

ロールスロイスもシェリーもどういうものかは知らなかったが、優花はとにかく麦人が嬉しそうにこだわりを語るのを聞くのが楽しい。ポリポリと柿の種を嚙《か》み、牛乳を飲みながら、彼の話に耳を傾ける。

カウンター越しに由比が身を乗りだして、麦人に訊いた。

「親父さんがウイスキー好きで、息子も成人して早々スコッチ飲みになるなんて、仲いい親子だねぇ」

麦人がくすぐったそうに応える。

「うちは、けっこう親父がトシいってて……五十近くなってから俺が生まれたから〝仲良し親子〟っていうんじゃないけど。母親が離婚で早くに出てったし、そのぶん親父のことが大事、っていうか。恥ずかしいけど、尊敬してる」

「へえ」

いいね、と由比が目を瞠《みは》る。

「正直、あんまし遊んでもらった記憶はないんです。親父、いっつも仕事で忙しくって。でも、子供心になんとなく〝強い親父〟〝頼れる親父〟っていうイメージはあって。夜中にトイレに起きてくと、仕事帰りの親父がリビングで独りでウイスキー飲んでました。それを、こっそりのぞくのが好きで。カラン、カランて、決まったテンポでグラスを揺らすんです。あー〝親父の音〟だなぁって。俺はこのひとに守られてるんだなぁ、って」

カラン、と麦人のグラスの中で氷が音を立てた。

マッカランの芳香《ほうこう》を、麦人は満たされた気分で楽しむようだ。と、自分以外の三人が黙って聞いているのをふと居心地悪く感じたのか、苦笑して波佐間を見上げる。

「俺ばっか語ってるのカッコ悪いじゃないですか。なんかないですか？　ウイスキーの思い出とか」

「ないな」

「えー、ずるいな。優花は？　なんか語りなよ」

「ないない。エピソードとか、全然ない。だってお酒飲めないもん。由比さんは？」

ブンブンと手を振る優花は、カウンター向こうの由比に助け船を求める。

んー、と考えた由比が、長めの茶髪をかき上げながら口を開いた。

「ウイスキーの思い出……ああ、あるじゃん、一臣。おまえと俺とで初めて北岳《きただけ》登ったとき、標高考えずに飲んだおまえがヘロヘロんなって、朝イチ登頂あきらめたやつ」

「うるせえ」

眉間《みけん》にシワを寄せて、波佐間がチッと舌打ちした。優花も麦人も声を上げて笑う。

「なんか意外。あっちの壁に山の写真ありますけど、由比さんと波佐間さんって、登山が趣味なんですか?」

優花の質問に、由比が「そうそう」と機嫌よくうなずき、波佐間はムスッとしばらく黙り込む。

「……あの写真は、俺のじいさんが撮ったやつ。穂高《ほだか》。俺と由比の山は、まあ、素人《しろうと》レベル」

由比がにやけながら「あんときは一臣の荷物まで俺が背負ったんだよなぁ」と、しつこく思い出を語る。麦人はマッカランの二杯めをストレートで頼み、そのあと別のに替えてもう一杯飲んだ。

小一時間くつろいだところで、麦人は満足そうにスツールを立つ。

優花がバッグを開けながら言った。

「麦人くん。今夜はあたしに出させてね」

「や、悪ぃよ。連れてきてくれただけで、すげー嬉しいし」

「でも、誕生日だし」

「んじゃ、気持ちだけもらっとく」

けっきょく彼女には会計をまかせず、麦人が自分の財布《さいふ》から支払った。

「自分の酒代、他人に出させたらダメって、親父なら言いそうだから。代わりに今度ランチおごって、優花」

いい気分で酔って、恋人に顔を寄せる麦人に、由比がヒュウとひやかしの口笛を吹く。ひらひら手を振りながら、帰っていく彼に声をかけた。

「次は、親父さんと一緒においでよ」

とたんに、ガツン、と音がして、由比は顔をしかめて足踏みする。

「くっそ！　蹴《け》んなって、一臣」

なぜか優花が心配そうにチラリととなりの恋人を仰《あお》ぐ。

麦人が笑って明るい返事をよこした。

「はーい。じゃ、そのうちぜひ」

引き戸を開けて、夜の四三小路に歩みだす。

店を出たところで「わっ」と驚いた声を上げ、麦人は立ち止まった。足もとに何か動くものがある。

「何!?　こいつ、カラスじゃん。つつかれたぜ。な、優花。カラスがいる」

しっとりと黒いカロンの瞳が、ジッと麦人を見つめている。

4

優花と麦人が連れ立って『間』を訪れた数日後。

「おい、由比。味噌がない」

くわえ煙草《たばこ》の波佐間が冷蔵庫をのぞき込んで、声を上げた。

早めにランチタイムの仕込みにかかろうとしたところである。『間』のランチは、そもそも気紛《きまぐ》れの不定期営業なのだが、かといって「やる」と決めた日に開けないとなると、なんとなく気持ちが悪い。

「なくなりそうなら教えろよって、言っただろ」

ぼそっと文句を吐いて冷蔵庫を閉め、波佐間はどうしたものかと考える。

「米、といだし……しょうがない。味噌、買いにいくか」

灰皿に吸いさしの煙草を押しつけ、財布をポケットに突っ込んだ。

「ちょっと味噌買いに出てくる」

カウンター隅にぽっかりと口を開けている二階への階段入口に向かって、そう声をかけ、ふと耳を澄ました。

「由比？」

しん、と静まり返った二階からは返事がない。

とたんに波佐間は、だっ、と駆けて階段を上がりかけ、けれど途中でピタリと足を止めた。

「……寝てんなら、腹に布団かけとけよ」

暗がりから体を引き抜いて階段を降り、いま消したばかりの煙草にもういっぺん火をつけて最後まで吸い終えた。

ガラガラと引き戸を開けて店のおもてに出ると、気持ちのいい晴天。四三小路にも午前中の透明な陽ざしが射し込んでいる。

「カロンも、留守か」

〝看板カラス〟はどうやら日光浴に出たらしい。小さく舌打ちすると、波佐間は商店街に向かってブラブラと歩きだす。

買い物するときには、たいてい何はどこで仕入れると決めている。野菜は青果店、肉は精肉店、魚は鮮魚店。これらはツギハギ横丁内で調達がすむ。その他は近くの商店街にあるディスカウント・ストアでおおかた手に入った。

ランチタイムのメニューはたいがい、具だくさんの汁物に、ご飯、漬け物、以上。発想に乏《とぼ》しい波佐間の献立《こんだて》に、由比がいちいちクレームをつけて修正し、結果、バラエティに富《と》んだ日替わりとなっている。作るのは席数ぶんで、つまり七食のみ。客が来なくて余るとそのまま店員の胃袋行きで、『間』の食事はしごく効率よく賄《まかな》われていた。

横丁の外に出ると、週末のせいか早い時間からチラシ配りのバイトが目につく。

「お願いしまーす」

コンタクトレンズのチラシを目のまえに出されて、波佐間は受け取ろうと手を差し出す。ところがバイトの女の子はスイとチラシを引っ込めた。

「……」

「あっ、すいません！」

受け取ってもらえないのが当たり前になっていたのだろう。慌ててもう一度チラシをよこす。波佐間の顔を見上げて、一瞬ポカンとした。

波佐間はいつもと変わらぬ仏頂面《ぶっちょうづら》である。こうしたことは珍しくないので、もう慣れている。背が高くて、均整のとれた体つきで、顔だちもととのっている。明るい時間に街に出ると、すれ違う女性から視線をよこされることが少なくない。別にそれを不快だとも心地よいとも思わず、波佐間はまるで無頓着《むとんちゃく》だった。

「……くれるの、くれないの」

「ごめんなさい！　あげます！」

受け取ったチラシを眺めもせずに折りたたんでポケットに入れて、ディスカウント・ストアの入口をくぐった。いつもの場所に陳列《ちんれつ》されている目当ての味噌だけを買って、またブラブラと商店街を行く。

横丁に戻ろうとする手前で、ぴた、と足を止めた。

……久しぶりに、公園でも寄ってみるか。

なんとなく思いつき、わずかに顔をしかめたが、サンダル履《ば》きの足を素直に駅の方角へと向けた。

味噌の入ったビニール袋をさげて向かう公園は、駅を隔《へだ》てた向こう側。次から次へと電車に運ばれて押し寄せる買い物客で、ごった返しつつあるコンコースを抜けていく。カジュアルな服装の若者が多いが、さすがに片手に味噌だけをさげた男は、他にない。

駅を通り抜けて南口に出ると、公園はすぐだ。狭い道路を窮屈《きゅうくつ》そうに走るバスをやり過ごして横断歩道を渡ると、濃い緑が目に映る。雑貨店だのカフェだのが両側にひしめく道を下っていくと、木々の奥に池の水面が輝いていた。

犬の散歩が多い。

白い大型犬に飼い主が引っ張られていくのを見て「あんな大きな犬を飼えるだけの庭があるのか」と、波佐間は感心する。

『おまえだって飼ってるだろ。茶色いでかいやつ、ちっさい店の二階で』

いかにも由比がそんなふうに茶化しそうだと思いついて、口の端を歪めた。

池の端《はた》の遊歩道を歩いてベンチに腰をおろすと、しばらくぼんやりと道行く人々を見送る。やがて、近づいてきた人影に気づいて「おや」と目を瞠《みは》った。

知った顔である。物思いに沈む様子で、とぼとぼとこちらに来る。声をかけるつもりになったわけではなかったが、手もとのビニール袋が、ガサ、と耳障《みみざわ》りな音を立てて、それを聞いた向こうが顔を上げた。

「あ。波佐間……さん？」

優花である。

店に来た客だと、波佐間は珍しくすんなり思い出していた。

「やあ」

「お散歩、ですか？　偶然ですね」

どうやら相手も一人歩きのようだ。ベンチの真ん中に座らなかったことを、波佐間はチラリと後悔する。

案《あん》の定《じょう》、優花は近寄ってくる。三人掛けのベンチの端に波佐間は座っていたので、同じベンチに彼女は当然のようにちょこんと腰かけた。

「いいお天気ですね」

「ああ。晴れてるね」

「こないだは、ありがとうございました」

礼を言われて、波佐間は「こちらこそどうも」の代わりに、ほんのわずかに頭を下げる。

その拍子にまたガサと音を立てるビニール袋のなかをのぞき込み、優花が言った。

「お味噌？　お店の買い物ですか」

「そう」

「このまえの豚汁、すごく美味《おい》しかったです。またランチも行きますね」

「どうぞ」

「波佐間さんって……ちょっと、怖く見えますよね」

目のまえをミニチュアダックスフントが小走りで行きすぎるのを、波佐間は無言で見守る。

「相性いいんだろうなぁって、思います」

唐突《とうとつ》に言われて一瞬なんだろうと考え「ああ、由比のことか」と気がついた。

「あいつは愛想いいからね。人一倍」

「そうです！　二人を足して二で割るとちょうどいい感じですよ」

優花はそう言ったあとに、まるで人から笑い話を聞かされたように愉快そうに肩を揺らした。

「麦人くんも言ってました。あの二人、いいコンビだねって」

「ああ。彼、元気？」

「はい、元気、です」

優花は応えたが、いささか言いよどむ口調だ。ぱ、と顔をこちらに向けて、話題を変えた。

「由比さんって、バイトだって言ってましたけど、二人は学生時代からのお友だちかなんかですか？」

「幼馴染《おさなな じ》み。幼稚園から一緒の」

「幼稚園！　へえ、すごい。だから、あんなに仲いいんだ」

「仲いいかどうかはわからないけど、まあ、腐れ縁なのは確かだね」

心のなかで「余計なおしゃべりするから興味持たれたじゃないか」と、波佐間はぼやく。

優花はまだ立ち上がる気がないらしい。

「波佐間さんて、幼稚園のころから無口だったんですか？」

無邪気に訊かれて、なんとなく煙草《たばこ》が欲しくなる。

覚えているかぎり、自分が無愛想で由比は愛嬌《あいきょう》たっぷりという組み合わせは、初めて出会ったころから変わらない。幼稚園の入園式で、顔を合わせたとたんに向こうが勝手に泣きだしたのがしょっぱなで、そのあと小学校、中学、高校と一緒にすすみ、同じクラスになったことはなかったが、なんだかんだでいつも由比はそばにいた。

高校に上がって祖父の影響で山歩きを始めたら「俺も連れてけよ」とリュックを背負ってついてきた。大学二年の夏、ウイスキーで失敗したせいで登頂をあきらめたのは事実だが、こちらがヘマをしたのはそれを含めて二度だけで、あとはたいていお荷物だったのは由比のほう。

「口数が多いほうじゃないのは、まあ、確か」

ぶっきらぼうに応えると、優花はまたコロコロと笑い、それからふっと真顔になった。

「麦人くん、お店、気に入ったって言ってました」

「そう」

「だから、あの……話しておかなきゃって、思うことがあるんです」

言われて「何?」と、となりに目を向けると、

「麦人くんのお父さん、亡くなってるんです」

まるで自分の父親を亡くしたような顔で、優花が小声で打ち明けた。

……彼の父親は他界している。

波佐間は店でのやりとりを思い出す。

『次は、親父《おやじ》さんと一緒においでよ』

『はーい。じゃ、そのうちぜひ』

帰り際の麦人に由比が気安く声をかけ、彼は明るく笑って返事をしていた。

無性に煙草が吸いたくなって、波佐間は乾いた指をくちびるへ持っていく。ざら、という感触が、欲求を一時的に紛《まぎ》らわす。

「けっこうまえって、聞きました。中学のときって言ってたかな。なんだか事情があるみたいで、麦人くん、あんまり話してくれなくて。だから、あの……」

「わかったよ。触れないようにする」

由比にも伝えておくからと言うと、優花がホッとした様子でペコリとおじぎをした。

「ありがとうございます。じゃあ、あたし、行きますね」

「ああ」

いい彼女を持ったもんだと、優花の後ろ姿を見送りながら、麦人を褒《ほ》める気分になった。

想像のなかの由比が、すかさず茶化す。

『おまえだって、いい相方、持ってるじゃない』

……いかにも、あいつが言いそうだ。

帰って早く煙草をくわえようと、ベンチから腰を上げ、味噌をぶらさげて足早にツギハギ横丁へと戻る。人の波をかき分けるようにして駅前の雑踏《ざっとう》を抜けた。

ガラガラと『間』の引き戸を開けると、大あくびする現実の由比の姿があった。

「よ。お帰り」

天然ウエーブの茶髪をぐしゃぐしゃとかきまわして、だらしない格好でこちらを見上げている。

買ってきた味噌をカウンターに置き、煙草に手をのばしかけて、波佐間はやめた。

「味噌、切れてた」

「悪ぃ。忘れてたわ」

「公園で、こないだの女子大生に会った」

「あ。優花ちゃん？　麦人くんとデート？」

「いや、一人だった。彼氏の親父さん、死んでるって」

「……ふぅん。ま、じゃないかとは思ったけど」

訳知り顔で由比が言った。

「カロンが、つついてたろ」

あいつはそういう知らせかた、するだろ、と。きれいな顔で、に、と笑ってみせる由比に向かって、波佐間は買ってきた味噌を放り投げる。

「〝ちょっかいかけずにいてあげて〟って、彼女にクギ刺されたぞ。おまえのせいだ」

「んー、でも、来るもんは来るし。会いたいって思わなきゃ、会わないし。だろ?」

「……」

「ここってそういう場所だし」

言われて、波佐間は仏頂面《ぶっちょうづら》で煙草を取り上げる。一本くわえたところを、横からすばやく由比にさらわれた。

「返せ」

「ダーメ。おまえには元気な爺《じい》さんになってほしいから」

「じゃあ、代わりに吸うものよこせ」

「情けねえなぁ。赤ん坊のおしゃぶりかよ」

にやける相手を睨《にら》んだところで、店のおもてから羽音が聞こえた。

「カロンが帰ってきたな。太った鼠《ねずみ》でも捕ったかな」

箱から新しく一本取る気にもなれずに、波佐間は無言で炊飯《すいはん》ジャーのスイッチを入れ、コンロに鍋《なべ》を置く。

5

麦人がふたたび『間』を訪れたのは、一週間ばかりしてからのことだった。

その夜は、珍しく早い時間に客があった。

「なぁんか陰気な店。ツマミ、柿ピーのほかになんかないの？」

「すいません。置いてないんです」

「そっちに鍋とかコンロとかあるじゃん。ちょこっと作ってよ。酒、頼むから」

「夜はやらないんです、料理」

「つか、ちょっと融通《ゆうずう》きかせろよ。客商売だろぉ？」

他でだいぶ飲んできたとみえる三人連れで、フラフラしながらスツールに陣取り、ひとしきりうるさく騒ぎ立てた。

「あー悪ぃねぇ。この店、不景気で。柿の種しか仕入れられないんだ。冷蔵庫にもロクなもん、入ってなくってさ」

街の取材に来たライターか何かか。赤い顔をした男が波佐間に因縁《いんねん》をつけて不穏な空気が漂ったが、けっきょく由比が適当にあしらい、十時すぎには帰っていった。

「あのね、一臣。ああいう連中相手に、その顔で、その調子で、もの言うなよ」

「笑えるならとっくに笑ってる。器用な真似《まね》ができたら苦労しない」

「嘘つけ！　おまえ全然、苦労なんてしてないだろ。いっつも俺に苦労させてるだろ」

「……そうか？」

ガタン、と大きな音がしたのは、困った客をようやく送り出してから三十分もしないうちである。

「おもてから、だよな？」

「ああ」

磨《す》り硝子《ガラス》に黒い人影が映って見えた。

遠くで足音が聞こえている。「どこだよ」「あっちじゃねぇか」などと誰かを捜しまわる穏やかでない気配がする。

「ケンカかな。出ないほうが関わらずにすむよなぁ」

カウンターに頬杖《ほおづえ》で由比がつぶやいたが、波佐間はスタスタ出ていって、ガラリと引き戸を開けた。

男が一人、戸口のまえにうずくまっていた。

「入れよ」

声をかけると顔を上げる。見ると、麦人だった。

「あ……」

こちらを仰《あお》いで、知った相手だと気づく。呆然《ぼうぜん》とする彼の肩に、波佐間は手をかけた。

「とにかく入れ」

「あれっ、キミ、麦人くん？　どうした？　ケンカ？　追いかけられてんの？　早く早く」

気づいた由比も一緒になって、よろける麦人を店のなかに引っ張り込む。波佐間がすばやく電灯のスイッチを切って、店内の明かりを落とした。

少しすると、おもてをバタバタ走る音がする。とちゅう足を止め、周囲を確かめる様子だ。

「いねぇよ」

「こっち来たと思ったんだけどな」

「どこだ、ここ。横丁んなかか？　シャッターだらけじゃん。暗いし薄気味悪ぃ。もう行こうぜ」

足音と声は、もと来た方角へと引き返していく。息を潜めて麦人をかくまった波佐間と由比は「ふう」と同時に肩の力を抜いた。

頃合いを見計らって、由比がキャンドルに火をつける。

麦人はよろけながらスツールに腰かける。

「すい、ません」

ゴシ、と顔の汗をぬぐって、麦人が言った。

「酔っぱらったやつに、女の子がからまれてて……割って入ったら、あとからそいつの仲間が来ちゃって。サークルの飲み会で、こっちも酔ってたから。カッコわる……」
二、三発は殴《なぐ》られたのか、頬をさすりながら顔を歪めた。
波佐間はカウンターに入って、グラスを取りだす。

「水？　アルコール？」

「……できたら、アルコールで」

オーダーにうなずいて、バックバーからマッカランのボトルをおろしてきた。

「これはサービス」

ウイスキーを注いで、ミネラルウォーターを足して、濃いめの水割りを作る。カウンターに、ゴト、と置くと、麦人はしかめ面《つら》のまま、それを飲み干した。

キャンドル一つを男三人で囲む格好になって、しばらく沈黙する。バックバーに煌《きら》めきはなく、互いの表情がわかりづらいほど店内は暗い。

やがて由比が髪をかき上げ、へらへら笑って言った。

「偉いね。からまれてた女の子、助けたんだろ？　ちっともカッコ悪くないじゃない」

慰《なぐさ》められたと感じたのだろう。麦人が苦い顔で吐きだした。

「おかわり、もらえますか。同じやつ」

波佐間はぶっきらぼうに応じる。

「二杯めからは金とるよ」

「かまわないです」

グラスにトクトクと酒が注がれるのを見つめながら、麦人が鬱屈《うっくつ》した声で白状する。

「ちょっと、彼女とケンカして……むしゃくしゃしてた。空手やってるからって、変な自信もあって。からんでるやつ追い払ったらカッコいいだろ、なんて考えてた。カッコ悪いよ、全然」

「おい、一臣」

「そりゃあ、カッコ悪いね」

「いーです。そのとおりです」

二杯めをあおって、麦人は目を丸くしてむせた。

「何これ。うすっ」

「学生にちょうどいいくらいに注いどいた」

「ひっでぇ」

ゲホッ、ゴホッと咳《せ》き込み、肩をすくめてうつむく。

由比がその背中をポンポンと叩いて、

「彼女とケンカって、優花ちゃん？　どうせ痴話《ちわ》ゲンカなんだろ。さっさとメールして仲直りしちゃえよ」

グズグズすればするほど女ってヘソ曲げるよ？　と教えると、

「聞いたんですよね？　親父《おやじ》のこと」

ぼそ、と喉《のど》に引っかかる声で麦人が言った。

……親父のこと。

波佐間と由比は、暗がりのなかで思わず顔を見合わせる。どうやら優花は、麦人の父の死について波佐間に告げたと、自分で彼に打ち明けたらしい。

気まずい静けさのなかに、麦人のかすれ声がつづく。

「余計なことしゃべったって優花が言うから、俺、怒っちゃって。ほんとは、ありがとうって言うべきなんだろうけど……そんなに強く、なれなくて」

「いや、じゅうぶんでしょ。〝ありがとう〟言うべきだって、思えるんなら」

「こういうとき……自分が弱いって思うときは、親父のこと、信じてやれなくなる。親父が死んだの……あれは事故だったって。自殺じゃ、なかったって」

自殺。

そう言って、麦人はカウンターに突っ伏した。

静かな店内に、柱時計の振り子の音が響く。

泣いているわけではない。ただでさえ酔っていたところに、濃いめの水割りが効いたのかもしれない。自分の腕の上に顔を伏せて、麦人はくぐもった声でつづける。

「親父の会社……取引先の倒産のあおり食らって、大変だった。株の暴落とかの影響もあって、最後のほうは青い顔して毎日走りまわってた。愚痴《ぐち》も弱音もひと言も吐かなかったけど、さすがに中学生だった俺にも、ヤバいのはわかってた。あの日、ひどい雨で……夜になって、増水した川に車ごと転落してるのが見つかったって、警察から連絡あって。みんな、よってたかって〝自殺だろう〟って騒ぎ立てて。けど、俺は信じない。そんなの絶対に……違う」

違う。

親父は、そんな弱い人間じゃない！

絶対、自殺なんかじゃない！

ムキになって、必死で、肩を怒らせ拳《こぶし》を握り、棺《ひつぎ》のまえでそう言い張った。

父親を知っているのは自分だけ。親父の名誉を守れるのは自分しかいない。

仁王立《におうだ》ちになって参列者を睨《にら》む自分の背後で、黒いリボンに飾られた恰幅《かっぷく》のいい父の写真が自信に満ちた笑顔をたたえていた。

「ちが……ぅ」

すぅ、と寝息を立てはじめる麦人を、由比はとなりのスツールから、波佐間はカウンターの奥から、それぞれ眺める。

やがて由比が言う。

「こいつの親父ってさ……あの、びしょ濡れコートの客だろ？」

「ああ、たぶん」

「会わせてやるべき、なんじゃない？」

チラと由比に視線を向けたあと、波佐間は眠り込む麦人をあらためて見た。

キャンドルの灯が、麦人が残した水割りのグラスに映ってゆらゆらと揺れている。

煙草に手を伸ばしながら波佐間はうなずいた。

「そうしよう」

三十分ほど眠って、麦人は目を覚ました。

だるそうに顔を上げる彼に、ぼそ、と波佐間は声をかける。

「次の水曜、特別の酒が入るから。夜中の一時に来な」

6

カウンターの隅の暗がりにうずくまるような格好で、由比が古い本のページをパラパラとめくっている。

波佐間は反対側の壁近くの折りたたみ椅子《いす》に座って、煙草《たばこ》をふかしながら、山の写真を眺めている。

「なあ、一臣」

「ん？」

「ストラスアイラって、こないだの客が注文してたやつだよな」

「ん」

「〝ストラスアイラは、スペイサイドでもっとも古い蒸溜所〟だってさ」

「そう」

「仕込《しこ》み水《すい》はフォンズ・ブリエンっていう泉から汲《く》んでて、その泉には妖精が棲《す》んでるんだと」

「へえ」

「その妖精、人間が近づくと水んなかに引っ張り込んで溺死《できし》させるって」

「……」

三週間まえの水曜日。真夜中すぎに店を訪れた客は、頭の先から靴《くつ》の先までびしょ濡れだった。

今日も、水曜。

「来るかな」

由比が本を閉じて、ウエーブがかった髪を鬱陶《うっとう》しげにかき上げる。

「どっちが」

「どっちもだよ」

「どうかな」

「来るほうに、酒一杯。たまには俺にも飲ませろよ」

返事をせずに波佐間は立ち上がった。時計を見ると、すでに夜中すぎ。バックバーにずらりと並ぶスコッチウイスキーのボトルが、息を潜めて何かを待つようだ。

『ウイスキーの語源を知ってるかい、一臣くん』

死んだ祖父の声が、ふと思い出される。

この街に落ち着く以前、むかしは銀座のいい店でバーテンを務めていたという祖父は、孫の名前を〝くん〟づけで呼び、ひとりで山を歩き、ひとりで酒を飲む、静かなひとだった。一緒に暮らしたことのなかった祖父の晩年に寄り添ったのは、一年足らず。それでも、なんとなく自分と気性の似通う彼から学んだことは多かった。

『樽《たる》に詰められて十年、十五年と熟成するあいだにも、ウイスキーは呼吸してるんだ。天然オーク材の樽は、夏の膨張、冬の収縮を繰り返す。酒はその樽を通して呼吸する。少しずつ、少しずつ蒸散《じょうさん》して減っていくぶんを、スコットランドでは〝天使の分け前〟と呼ぶんだそうだ』

素敵だろう、と穏やかに祖父は言った。

『ウイスキーの語源は、ラテン語でアクア・ヴィーテ。ケルト語では、ウスケボー。〝生命の水〟という意味だよ。覚えておきなさい、一臣くん』

……生命の水。

暗い店のおもてで唐突《とうとつ》に羽音がした。嗄《しゃが》れ声でカロンが鳴いた。

客の足音が聞こえる。

ガラガラと音を立てて引き戸が開く。

た。


「いらっしゃい」

ぶっきらぼうに声をかける先に、麦人の姿がある。一人だ。招かれたとおりにやって来た。

「特別の酒、あるっていうから」

うつむきがちに入って来て、波佐間に劣らぬ無愛想な声で言った。

波佐間と由比は、チラと目を見合わせる。麦人は先日の浮かない様子のままで、恋人との仲直りはまだなのだろうと、たやすくわかる顔色だった。

「時間、少し早いから。とりあえず座って別のやつ飲んでなよ。はい、ツマミ」

由比が小皿に柿の種を出し、波佐間がそれを麦人の目のまえに差し出した。

「マッカラン、シングルでいい?」

「……ダブルで。ロックでお願いします」

今夜は注文どおりに薄めずに出してやる。

由比がそ知らぬふりで訊く。

「優花ちゃんは?　元気?」

グラス半分ほどまであおったところで、麦人はむせた。

「優花は……まだ、あんまし口きいてません」

「あー、長期戦かぁ。ヘソ曲げるよって教えたのに。ちなみにさ、彼女に何て言っちゃったの？　こないだ」

訊かれて口ごもったあげく、グラスのもう半分を飲み干してから麦人が白状する。

「〝人の弱いとこ、下手《へた》に触るな。放っとけよ〟って。〝気づかないフリしてやるのが優しさなんじゃないの〟って」

……じゃないと、強いフリできないだろ、って。

くちびるを噛《か》んで、麦人は空《から》にしたグラスをカウンターに戻す。

「お代わりください。同じの。だいじょぶです。バイト代、入ったから」

そのとき、カチリ、と柱時計の長針が12を指して一時になった。

持ち上げようとしていたマッカランのボトルを、波佐間はいったん置く。

「由比、キャンドル頼む。俺はおもてのほうやってくる」

「了解」

おや、という顔の麦人を置いて、波佐間はカウンターを離れると店の外へ出る。

静まり返った四三小路は、今夜はなんとなく薄ら寒い。当然のように人気《ひとけ》はまるでない。

狭い路地を抜けた奥のよその小路の明かりも、すぅっ、と夜のなかに遠ざかるようだ。

粗悪《そあく》なセメントで塗り固められた道を、ひょい、ひょい、とカラスのカロンが来る。

られる。

「ちゃんと案内してこいよ」

ちか、と光ったカロンの眼を見おろして、波佐間は低く声をかけた。

入口のフックに掛かっている『間』の看板を、一度取り外して逆さにする。祖父お手製だという木のプレートは、はじめに上下間違えて穴を開けたために、逆さまにしても掛けられる。

くるりと逆にして持ち替える看板を、波佐間はフックに吊り下げた。戸口をくぐって店に戻って引き戸を閉めると、席数ぶんのキャンドルを灯した由比が、パチリと店内の電灯を消す。

七つあるスツールのまえに、火の灯る硝子《ガラス》のキャンドルポットを次々と置いていく。

麦人のまえに、一つ。

彼のとなりの席にも、一つ。

店のまえでカロンが鳴いた。

通路に面する磨り硝子に、ゆらりと灰色の人影が映るのが見えた。

建て付けの悪いはずの、店の戸が音もなく開くのが見える。波佐間と由比だけに見えている。そこをくぐってあらわれるのは、仕立てのよいコートを着た、恰幅《かっぷく》のいい、全身びしょ濡れの初老の男。

「こんばんは。また寄らせてもらったよ」

声は、麦人には聞こえない。

波佐間はほんの少しだけ会釈《えしゃく》をして、二人目の客を迎え入れた。

男は先日同様ゆったりと歩んできて、麦人のとなりの席に腰かける。

「いい夜だね」

このあいだと同じように嬉しそうに目をほそめ、バックバーの品揃《しなぞろ》えを確かめると、

「私にはマッカランを。彼には、ストラスアイラの21年を。ロックで」

彼には、と言って、麦人のほうへ目をやった。

由比がこのあいだと同じように棚《たな》の端からボトルを持ってきて、氷を入れたグラスにトクトクと注ぐ。中身は透明なミネラルウォーター。特別な客には琥珀《こはく》色の酒ではなく、水を出すのが『間』の決まりだ。彼らが彼らのあるべき場所へと帰れなくならないように。

とん、と由比がグラスを男のまえに置く。

自分のとなりに水を出された麦人が、不審顔で由比を仰《あお》ぐ。

「チェイサー《口直し》？　俺、いらないよ」

「まぁまぁ。酔ったら欲しくなるかもしれないだろ？」

波佐間はバックバーにストラスアイラのボトルを見つけて、麦人のグラスを新しいのに

替える。

ゆっくり注がれる琥珀色を見つめながら、麦人が訊いた。

「特別な酒って、それ？」

「そう」

「なんて酒？」

「ストラスアイラ」

「……それって、親父《おやじ》が……最後に飲んでたやつだ」

こわばる声でそう言った。

目のまえにグラスを置かれて、麦人はすぐには手を出さない。

となりで男が、ゆっくりと〝マッカラン〟を口に含む。麦人に見えるのは、カウンターに置かれたままの氷水だ。

波佐間を仰《あお》いで、男が語る。

「マッカランは、私が初めに覚えたスコッチでね。当時はまだシングルモルトはストレートで飲むべき酒だということも知らなかった。面白い酒、珍しい酒、クセのある酒は他にいくらでもあるが、最初に飲むならいわゆる〝名酒〟がいい。誰にでも好かれて、愛される。そういう酒を初めに覚えると、偏《かたよ》りのない人間になれると教わった……」

橙色《だいだい》のキャンドルの灯がグラスに映り込んで、男の飲む液体が琥珀に輝く。バックバーに並ぶウイスキーボトルが、今夜も不思議な煌《きら》めきを放ちだしている。

男が、ゆっくりと麦人をふり返る。

目をほそめ、懐かしむ顔色で話しかけた。

「大きくなったなぁ」

麦人は、黙って目のまえの酒を睨《にら》んだままだ。

「大きくなって……すっかり大人の顔になった。誕生日おめでとう、麦人」

大きな手がグラスを持ち上げた。

カラン、とふいに氷水が音を立てて、麦人はチラリととなりの席を見る。

「小さいころから、あまり遊んでもやれなかった。いつも仕事仕事で、放ったらかしで。こんな父さんでも、ちょっとは父親らしいと思ってくれてたか？　なあ、麦人」

「……」

「男同士だから、わざわざ口に出すまでもないと思って、おまえに伝えてやらなかったことが、たくさんあった気がする。いまになって、もっと話すんだったと後悔してる。言いそびれて悪かったと思うことが……いっぱいだ」

ようやく目のまえのストラスアイラを手に取る麦人が、ゆっくりとグラスを揺らして酒と水とを馴染《なじ》ませた。

甘い香りがふわりと漂う。

由比が訊く。

「妖精が作る酒なんだって?」

「知ってる。調べた」

顔をしかめて麦人が応える。

カラン、カラン、と氷がグラスに当たって音をこぼす。

波佐間には、となり合う客が同じテンポでグラスを弄《もてあそ》ぶのが見える。

やがて男が、思い切ったように言った。

「麦人。謝らなきゃいけないことが、あるんだ」

ふっ、と、誰かの声を聞いたような顔になって、それまでうつむいていた麦人が顔を上げた。

男の手のなかのグラスが震えている。

「父さん、あの日、実は……」

その言葉を波佐間は遮《さえぎ》った。

「飲めよ。その酒」

麦人に向かって、ぶっきらぼうにすすめた。

「特別なやつ。薄まりすぎたら、もったいないだろ」

「あ……うん」

我に返った様子で、麦人はグラスに口をつける。

ゴク、と飲んで、味わいながら目を閉じる。そのままだんだん顔をしかめて、とうとう口をへの字に曲げた。

真夜中の店に響く静かなすすり泣きを、波佐間と由比は聞こえないフリでやり過ごす。

肩を震わせ、くしゃくしゃの顔で麦人が告白した。

「俺、さ……あの朝、親父に言いたいことがあったんだ。限界なの、感じてたから。親父、どんどん痩《や》せてってて。最後はほんと、いつ倒れてもおかしくないって雰囲気《ふんいき》で。だから〝もう、いいだろ〟って、言いたかった。〝もう頑張るなよ〟って……フラフラしながら出てく親父に向かって、叫びたかった。なのに、けっきょく言わなかった。親父がツライのに、見て見ないフリした。代わりに、すげー間抜けな感じで声かけた。寒いのにガソリンけちって、車のエアコンも入れずに走ってるの、知ってたから……」

「なんて?」

「『ちゃんとコート、着てけよ』って」

〝外、寒いんだからさ。親父、ちゃんと着ていけよ〟

見ると、麦人のとなりの椅子《いす》に、痩せこけた男が座っている。ぶかぶかのコートのなかで、やつれた体が泳いでいる。見る影もなく衰えた、麦人の父だ。

けれど、ようやく安堵《あんど》した顔で笑っている。

いつの間にか、濡れていたコートは乾いたようだ。

「うまい酒だ。息子に会えて、とてもいい夜だ」

カラン、カラン、とグラスを揺らして、父は最後のひと口を飲み干した。

ハッ、と麦人が、誰もいないとなりを見やる。そうして、ぽつりと言う。

「〝親父の音〟が……聞こえた気がする」

ぐす、と鼻をすすって、

「はは、カッコ悪ぃ」

Tシャツの肩で目もとを拭いた。

「親父のやつ、もっとカッコ悪ぃ。妖精に引っ張り込まれて溺《おぼ》れる、なんて」

どうにかいっぱしの顔をつくってストラスアイラを飲み干した。

「21年って、俺のトシじゃん」

柱時計の振り子がコチコチと鳴っている。

それを聞きながら波佐間は、空《から》になったグラスを受け取る。

由比が、ガラにもないことを言う。

「強さ、っていっても、いろいろあるんじゃないの？　ほら、ウイスキーがじっくり時間かけて、いい酒になってくみたいにさ。息子の胸んなかにじっくり居座って〝自慢の親父〟で居つづける父親なんて、それだけでじゅうぶん強いでしょ」

ちょっと考えて、うん、と素直にうなずく麦人が、顔を上げてスツールから降りた。

「ごちそうさま。また……優花と来るよ」

無愛想に波佐間は、ああ、と応える。

「っと、会計」

「あー、いいのいいの。今夜はとあるひとの、おごりだから」

え、と目を丸くした麦人だが、由比の応えをおそらくは誤解して「ありがとうございました」と照れた顔で波佐間に向かって頭を下げた。

ガラガラと引き戸を開けて、彼が去っていく。

スツールから腰を上げるもう一人の客も、息子を見送ったあと、ゆっくりと店を去る。

灰色の影が、磨《す》り硝子《ガラス》の窓の向こうにフッとかき消えてなくなるのを、揺れるキャンドルの炎が照らしている。

カウンターに残る二つのグラスのなかで氷が溶けて、同時に、カラン、と心地よい音を立てた。

7

それからしばらく経った日の、昼どき。

「由比。七味がない」

「あ。悪ぃ。忘れてた」

ランチ営業の『間』の店内で、愛想皆無の雇い主が、うっかり者のバイトに、不機嫌なまなざしをチラと向けている。

「なくなりそうなものがあったら早めに教えろって、言っただろ」

「んなこと言ったって、カンペキには無理だって。俺だって万能じゃねぇし」

「人並み以下だ」

「おまえは、いちいち細かすぎなんだって。味噌がなけりゃ醤油《しょうゆ》味にすりゃいいし、七味がなくたって客は死なねーだろ」

ガラガラと引き戸が音を立てて開いて、二人は口ゲンカをいったん切り上げた。

「こんにちはぁ。ランチ、やってますか？」

入ってきたのは優花だ。

「お。いらっしゃい！　その顔なら仲直りしたね、カレシと」

由比にいきなり図星を指されて、優花ははにかむ顔になる。

「はい、おかげさまで」

肩をすくめて報告すると、スキップするような足どりでカウンターまえに座りに来た。

「あ、メモ見るの忘れちゃった。今日は何ですか？」

「けんちん汁定食、六五〇円」

「それ、お願いします。美味《おい》しそうな匂《にお》い！」

空《から》っぽの七味入れをカウンターから引っ込めた波佐間は、大ぶりの根来椀《ねごろわん》にたっぷりと、けんちん汁を注ぐ。由比がブツブツ言いながらトレーを出してきて、そこにお椀を置いた波佐間が「どうぞ」と優花のまえに出す。

「いただきまぁす」

行儀《ぎょうぎ》よく手を合わせた優花は、空腹のせいか、それとも恋人と仲直りして気分がいいせいか、無駄なおしゃべりもせずに一気に定食をたいらげた。

「あー、すごく美味しかったです！　今度、サークルのみんなで来ますね」

「来なくていいよ」

「ええっ、なんでですか？」

「苦手だから。騒がしいの」

「そんなんじゃあ、お店、つぶれちゃいませんか？」

言われて、波佐間は仏頂面《ぶっちょうづら》で煙草《たばこ》をくわえる。

由比がカウンターに乗りだして、かまわず優花を勧誘する。

「おいでおいで、優花ちゃん。みんなと騒いで、こいつのこと悩ましてやって」

クスクスとおかしそうに笑った優花が、ちょっと真顔をつくって言った。

「あの……麦人くんのこと、ありがとうございました」

唐突《とうとつ》に礼を言われて、波佐間は煙草に火をつけながら彼女を見やる。

「彼、なんかふっきれた、って言ってました。波佐間さんと由比さんのおかげだ、って。あれから、お父さんのこと、詳しく話してくれて……内緒ですけど、あたしのまえで、ちょっとだけ泣いてくれて。なんだか、すごく、かわいくて」

話しながら優花は頬《ほお》を赤らめる。どうやら以前にも増して、恋人にベタ惚《ぼ》れのようだ。

「麦人くんの、頼れるところ、好きなんだけど。でも、まえはちょっと無理してるんじゃないかな、っていうときもあったから。そういうとこが減った気がするんです。あたし、彼のこと、もっと好きになっちゃって……」

波佐間と由比は、思わず呆《あき》れ顔を見合わせた。

どうやら優花は、それが言いたくて『間』に飛び込んできたようだ。早い話が、のろけに来たわけである。

「あー……はいはい」

心得た由比は、にやけ顔で彼女をひやかし、

「ふう」

波佐間はコメントもせずに煙を吐いた。

「ひどーい、二人とも」

頬をふくらませて優花は笑い、スツールから降りてペコリとおじぎをする。

「ごちそうさまでした。また来ます。とりあえず、二人で」

きっちり六百五十円をカウンターに置くと、波佐間のつれない返事を聞くまえに、すばやくスカートを翻《ひるがえ》して出ていった。

折りたたみ椅子《いす》に腰かけて、波佐間は煙草の煙が流れていくのを仰《あお》ぎ見る。

トレーを片づけながら、由比が質問を放ってよこす。

「なあ、一臣」

「ん?」

「そういや、おまえ、なんであの親父《おやじ》さんに言わせてやらなかったの? 顔見りゃ、わかっただろ、あのひとが何言おうとしてたかって。言っちゃっても、どうせ息子には聞こえなかったのに。自殺だったんだ、って」

言わせてあげたら彼の気が楽になったんじゃないの、と。訊かれて波佐間は、ほんのわずかに顔をしかめた。

ふう、と、また煙を吐いてから、応える。

「聞こえようが聞こえなかろうが、わかってようが、なかろうが……口にしたら終わりの秘密って、あるだろ」

ぼそ、と言って立ち上がる。

磨いたばかりのグラスをひとつ取りだし、氷を放り込む。バックバーの端まで行って、キュ、と栓《せん》を開けるボトルからトクントクンとそこへ注ぐ。

くわえ煙草のまま、由比のそばに寄ると、

「ん」

「何だよ」

「賭《か》けただろ。二人とも客が来たから、酒一杯」

このあいだの水曜日の夜中、

『来るほうに、酒一杯。たまには俺にも飲ませろよ』

由比がそう言った。

これは、あのときの賭けの酒。おまえが言い当てたから、一杯。

そう言って、カウンターにグラスを置く。

昼の明るさの加減のせいか、固い氷にまとわりつく液体は、琥珀《こはく》色にも透明にも見える。

「へえ、珍しい。おまえが俺におごるなんて、最初にここ来たとき以来だよな。サンキュー、いただきまぁす。んん、おー、うまい！」

嬉しそうに飲み干す幼馴染《おさなな じ》みの横顔を、波佐間は煙越しに目をほそめて見やる。

アクア・ヴィーテ。

その酒は〝生命の水〟という名前。

店のおもてで羽音が聞こえる。カロンの黒い瞳が何かを見つけたようだ。

あ の 子 を さ が し て

【GLENTURRET】

LAST
ORDER
Lost memories
come to that bar.

アナタのことが大好きだった。
居心地よくて、いくらだってそばにいられた。
陽の当たる窓辺。
懐かしいあの家。
でもそろそろ行かなくちゃ。
ありがとう。さようなら。

1

ツギハギ横丁でもっとも賑《にぎ》わう一角、野良犬小路《のらいぬこうじ》には『小菅《こすげ》』という人気の人形焼き屋がある。その店の看板猫の名前をジローという。

ジローは巨大な茶トラで、日がな一日、横丁を我がもの顔で練《ね》り歩く。

鮮魚店の店先には彼専用の小椅子《こいす》がある。最近ではカフェの店頭にも〝ジロー〟とプレートをさげた居心地よさそうな籐籠《とうかご》が用意されている。

タウン誌や、グルメ雑誌の横丁特集で取り上げられること数度に及び、買い物客に「かわいー」ともてはやされて、ますますその態度は大きくなる一方だ。

「一臣《かずおみ》ぃ、頼むから、あのクソ猫、追っ払ってくれ！」

混み合う野良犬小路とはうってかわって静けさに包まれた四三小路《よみこうじ》。由比《ゆい》が、カウンター奥で情けない悲鳴を上げている。

「つっつっくしょ！　つくしょ！　ああ、神様。取り外してくれ、俺の鼻。カロンのやつはどこ行った？　あいつがいるとジロー寄りつかないだろ。早く帰ってきてくれ！」

朝から片時もティッシュボックスを手放せない。美青年と呼ぶべき外見なのが、かえって哀れだ。顔を歪め、額に汗を浮かべて、いっこうに止まらないクシャミに悩まされている。猫のせいである。

「そういえば幼稚園のころから、猫好きのくせに猫アレルギーだったたな」

波佐間《はざま》は悠長《ゆうちょう》に煙を吐きながら、ビイィと鼻をかむ幼馴染みをチラと見やる。

「のんびり思い出してる場合じゃない！　そのうち脳が鼻から溶け出すぞ」

「骨は拾ってやる。鼻は知らない」

「味噌汁の味つけ、おまえじゃ無理だろ？　まんがいちやったとしても、早々にこの店つぶすだろ？」

「人聞きが悪い」

不本意な言われようだと、くわえ煙草で顔をしかめた。

「とにかくっ、いますぐジローを追っ払ってこないと俺は死ぬ。鼻のかみすぎで、きっと死ぬ！」

悲壮《ひそう》感漂わせる由比の訴えを仕方なく聞いて、波佐間はゆっくりと椅子から腰を上げた。

久しぶりに天気のいい昼間である。

もっともいくら天気が良くても、この季節、四三小路に日が射し込むのは朝のうちの短い時間だけ。いまも店のなかは薄暗い。

ツギハギ横丁の片隅で、夜はショットバーとして営業する『間《ハザマ》』だが、昼に不定期のランチタイムを設けている。由比が言うほど彼の料理の腕に頼っているとは思わなかったが、店員が鼻をかみつづけるのは衛生的に問題がありそうなので、波佐間はしぶしぶ引き戸を開けて外へ出た。

ツギハギ横丁は、戦後、闇市《やみいち》だった界隈《かいわい》だ。広さはさほどでもない街の一角に、古い木造店舗《てんぽ》がひしめき合うように寄り集まっている。昼でも仄暗《ほのぐら》く、風通しが悪い。トタン屋根とプラスチックの波板《なみいた》がつくる狭くて低いアーケードの下には、いまだに五、六十年むかしの空気が漂うようだ。

おもてに出てみると、案《あん》の定《じょう》、小路の入口にまるまる太ったジローの姿があった。

レトロな電飾付きの〝四三小路〟の看板の真下。「ここは俺のシマだが、何か？」と言わんばかりのふてぶてしい目つきで、ジロリと睨《にら》まれた。

……強敵だ。

そう思いながら、ジローと対峙《たいじ》する。

睨み返してても、近寄ってみても、まるで動じる気配はない。ニャオ、ではなく「ガウ」

という声で、脅《おど》すように唸《うな》る。小石か小枝を投げてみようかと、くわえ煙草のまま近づいたところに、頭上から羽音が聞こえてきた。

「クワァ！」

鋭いひと声に、それまで梃子《てこ》でも動かない様子だったジローがビクリと跳ねた。

「カロン？」

『間』の〝看板カラス〟が羽ばたきながら降りてくる。尖った嘴《くちばし》と爪を見せつけて舞い降りると、ジローが苦虫《にがむし》を嚙《か》みつぶしたような面持《おもも》ちで、のそりと歩きだした。

「いいタイミングだ」

カロンの尻馬に乗る格好で波佐間も、とりあえず「しっ」と声をかけておく。

と、

「猫、苦手なんですか？」

ふいに声をかけられて、おや、と背後をふり向いた。

近ごろのツギハギ横丁は、古さがかえってアタラシイと、方々から買い物客が押し寄せる。しかし、あいにく界隈の北東隅に位置する四三小路は、いまのところ賑わいから見放されたままだ。そこだけ常にぽっかりと人気《ひとけ》の少ない小路に、ぽつんと迷い込んだ風情《ふぜい》で女がひとり立っていた。

若い女性だ。

……珍しいな。

いささか不思議に思いながら、波佐間はごくごく無愛想に答えた。

「うちの従業員がアレルギーなもんで」

さっさと引っ込もうとしたところで、カロンがふいにもうひと声「カァ」と鳴いた。

見るとカロンは、いましがたジローの退場を確かめた眼を、今度はジッと女性のほうに向けている。

つられて波佐間も、たたずむ女性をもう一度見た。

仕事で外回りの最中なのか、夏物のグレーのパンツスーツを着て、A4ファイルが入る大きさのショルダーバッグを肩からさげている。髪型は活発そうなショートカット。薄く化粧《けしょう》をしていて身綺麗《みぎれい》だが、やけに疲れた顔色をしていた。

いかにも悩みごとを抱えていますという顔だ。

関わり合いになるのはごめんだと背を向けようとしたが、目が合った拍子に、相手が思い切ったように口を開いた。

「あの」

「……何」

「こちらのお店、カフェですか？」

「ショットバー。昼には定食を出すけど、あいにくまだ開店まえだよ」

そこへ、ガラガラッと勢いよく店の戸が開いて、由比が顔を見せた。

「サンキュー、一臣。追っ払ってくれただろ。嘘みたいに鼻水止まったぞ」

どうやらジローが去ったとたんに体調が回復したらしい。ティッシュを鼻に突っ込んでせっかくの見た目が台無しの由比が、ひょいと店のなかから頭だけ突き出した。

「あれ、お客さん？」

女性がいるのに気づいて、すばやくティッシュを鼻から回収する。

しまったな、と波佐間は眉根《まゆね》を寄せる。

「開店まえからいらっしゃい。っていっても、まだ仕込み中だからホットミルクくらいしかできないけど。それでもよければ休んでく？」

いったん断った客に向かって、由比がおいでおいでと陽気な手招きをした。

「由比」

いつもながらのサービス過剰《かじょう》ぶりを、波佐間は軽くなじるが、

「なんだよ。せっかく営業努力してやろうってのに」

かまわないから入りなよ、と愛想よく由比に招かれて、女性は迷う顔色でこちらをうか

がう。仕方なく波佐間も「どうぞ」と低く声をかけた。

「すみません。疲れてたから助かります」

行儀よく言って、女性は狭くて薄暗い『間』の店内へと足を踏み入れた。

ついさっきまでティッシュボックスを抱えてカウンター隅にうずくまっていた由比が、別人のように軽やかに働く。

「一臣。時間まえだけど、もう看板出してきちゃえよ」

「看板出したら、客が増えるだろう」

「ケチケチすんなって。そしたら収入も増えるだろ。あ、戸はちょっと開けとけよな。女の子の一人客だから、不安にさせちゃ悪いから。あれぇ？　しまった。牛乳切れかけだ。豆乳でも大丈夫？　ソイミルクのホットか、ティーバッグがあるからソイティーラテもできるけど」

「あ。それじゃティーラテのほう、お願いします」

こういう由比の瞬発力には、とっさに敵《かな》わない。舌打ちしながら波佐間は店のおもてに看板を出しにいく。

20センチほど戸の隙間《すきま》を開けて戻るころには、すでにオーダーが決まっている。むろん〝ソイティーラテ〟など『間』のメニューにはない。もとより『間』にメニューらしいメニューはないので、抗議したところで由比から反省の文句が返ってくる見込みはない。

……しょうがない。早く開けるぶん早く閉めるか。

柱時計に目をやりながら波佐間は、冷蔵庫から由比が出してきた豆乳を適量小鍋《こなべ》に注ぎ、コンロのとろ火にかけた。一気に沸騰《ふっとう》させると変質するので、かき混ぜながらゆっくり温度を上げていく。別の小鍋にほんの少しの湯を沸かし、そちらで紅茶を作る。値段は安いが、ディスカウント・ストアの大袋入りティーバッグは、なかなか悪くない輸入物だ。それを濃いめに出して耐熱グラスに入れておく。

ちょうどよく温まったところで豆乳をグラスに足して、蜂蜜《はちみつ》と一緒にカウンターごしに差し出した。

「どうぞ」

客は慎重にグラスを受け取り、湯気を二、三度吹いてから口をつけると、目を閉じて「ほうっ」と息をつく。

由比が気安く話しかける。

「午前中のうちに四三小路《よみこうじ》まで入ってくるなんて珍しいね。あ、ここの通りの名前、四三小路っていうんだけど。どこもランチ営業は十一時からだし、モーニングやってる店は離れてるし。『小萱』の紙袋も持ってないから、人形焼き狙いでツギハギ横丁に来たわけでもなさそうだし」

『小菅』では朝の八時に、限定百箱の特別商品を売り出す。初代ジローを象《かたど》った人形焼きで、芋餡《いもあん》と小豆餡《あずきあん》の二種類。店のまえには早朝から人の列ができる。

「地元のひと？」

「いえ。一時間くらいかけて、昨夜来ました」

「昨夜？　って、じゃあ泊まりがけ!?」

「はい。といっても、ホテルをとったわけじゃなくて、駅近のファミレスで夜明かしですけど。ちょっと……家族を、捜してて」

こく、とソイティーラテを飲んで、彼女は思い詰めた顔色になった。

波佐間はカウンターの陰で、軽く由比の足を蹴《け》る。

……余計な詮索《せんさく》するなよ。

下手《へた》に関わるなと忠告したつもりだが、由比はカウンターに身を乗り出し、天然ウエーブの茶髪を揺らしながら無邪気に話しかける。

「家族って、このへんでいなくなったの？　もしかして」

「いえ、そうじゃないんですけど。見かけたっていう話を聞いて」

女性が腰かけたのは、七つあるスツールの左から三つ目だ。となりの椅子《いす》に置いたバッグを開けて、写真を一枚取り出した。

「この子を、捜してるんです」

出された写真を由比が受け取り、波佐間にも見せてよこす。見る気はないと眉根を寄せた波佐間だが、顔のまえにぶらさげられて仕方なくチラと目をやった。

写真には、女性《はたち》が一人写っている。

見たところ二十歳《はたち》くらいか。胸下まであるストレートの黒髪と、目もとを隠すほど重い前髪のせいか、おとなしくて陰鬱《いんうつ》な印象だ。白い猫を抱いてたたずむ背後は大きめの一軒家だが、門柱に掛けられたプレートには「ひなた園」とある。

「ちょっとまえの写真ですけど」

「見覚えある？」

由比に訊かれて、波佐間は首を横に振る。

「いや、ない」

それで終わりにしたつもりだったが、由比がさらに質問した。

「家族、って言ったけど？」

「妹……みたいな、ものです。ううん、それ以上」

くちびるを嚙《か》んで言いよどみ、それから客は思い余ったように打ち明けた。

「名前は、池谷《いけたに》クルミっていいます。十九歳になったばかりでした。いなくなって、もう一ヶ月経つんです。警察に行って、近所に貼り紙もして、必死で捜したけど見つからなくて」

深刻な話に、由比が陽気一辺倒だった調子をあらためて訊ねた。

「けど、ツギハギ横丁にいたって?」

「ネットの掲示板に書き込んでみたんです。写真も載せて」

「そしたら反応あった?」

「はい。ここで何度か見かけたって」

黙って聞いていた波佐間だが、煙草《たばこ》をくわえながら、ぼそ、と感想を口にする。

「信じないほうがいい」

「おいおい、一臣ぃ」

「イタズラで書き込むやつも多い」

不確かな情報を真に受けると、いらぬ怪我《けが》をしかねない。

遠慮《えんりょ》なしに告げると、客はなおさら思い詰める顔になった。

「わかってます。でも、とにかく確かめたくて。クルミのこと、大事だから」

写真を胸もとに押し当て「大事」と言葉に力を込めた。

「表通りのほうから一軒ずつ〝この子を見かけませんでしたか〟って訊いてまわりました。でも、けっきょく見たっていう人には会えなくて。ネットの情報だし、鵜呑《うの》みにすべきじゃなかったかもしれないけど」

予想はしていたんです、と冷静な声で言ったが、語尾は少し震えた。ぷつりと黙り込んで、バッグからハンカチを取り出している。

今度は由比に、足をガツンと蹴られた。

「痛ぇ」

「ものには言い方ってもんがあるだろ？　愛想ないのも度を越すと罪だよ」

「言われるほど無愛想なつもりもない」

「あるだろ!?　思いっきり不親切だぞ、おまえ」

「いいんです。言われても仕方ありません」

「そんなことないって。ごめんね、こいつ、無愛想病っていうビョーキなの。大丈夫、大丈夫。きっと見つかるって、ええと……クルミちゃん？」

客はハンカチで目もとを押さえている。

非難の顔色でふり返る由比に〝お、ま、え、の、せ、い〟と口パクで責められて、波佐間はまた小さく舌打ちした。

お人好しでおせっかいで、やたらと愛想のいい幼馴染《おさななじ》みは、こうなるともう止まらない。

「ほら、一臣。〝手伝ってあげようか〟くらい言えよ、地元民なんだから」

「っていっても、ここで生まれ育ったわけじゃない」

「つか、横丁で店やってりゃ、それなりに土地勘あるだろ？　ああもう！」

由比に腕をつかまれ、グイ、と客のほうに差し出すハメになった。

仕方なしに波佐間は気乗りしない声で言う。

「写真」

「え？」

「オリジナルじゃないなら、預かるよ。曜日とか時間とか限って開ける店もあるし、ふだんは顔出さないオーナーもいるから」

期待されても困るけど、とつけ加えて申し出ると、たちまち由比がコロリと笑顔になった。

「優しいとこあるじゃん。さすが一臣」

「根拠なしの慰《なぐさ》めよりマシだろう」

「おまえさぁ……俺が〝おまえアレルギー〟起こさないの、ほんと不思議だと思うぜ」

客が、希望の色を浮かべてこちらを仰《あお》ぎ見る。

「本当に、お願いしてもいいんですか?」

「結果が出るとは限らないけど」

「ありがとうございます!　助かります」

慌ただしく頭を下げると、バッグからペンを取り出し、写真の裏に手早く連絡先を書き込んだ。

「わたし、ユカリっていいます。池谷ユカリ。念のため携帯番号メモしておきますけど、近いうちに必ずまた来ます」

大事そうに差し出される写真を預かる。

そこでふと、店内に入ってくる黒い影に気がついた。

「カロン?」

開けておいた戸口の隙間《すきま》を抜けて、カロンが、ひょい、ひょい、とやって来る。いつもは戸の外にいて、店のなかまで入り込むことは珍しい。

……なんだ?

由比とそろって、なんとなくあっけにとられて見守っていると、カロンが客の腰かけているスツールの下へと寄ってきた。

「あ」

　驚いてユカリが立ち上がる。

　カロンは億劫《おっくう》そうに顔を上げ、黒い瞳で彼女をまっすぐ見つめている。

　波佐間は、由比と無言で目を見合わせた。

「カラスが……」

「ああ、ごめんね。そいつ、おとなしいから大丈夫。うちの〝看板カラス〟なんだ。カロンっていう名前」

「そうなんですか。びっくりした。じゃあ、わたし、そろそろ。開店前なのに、すみませんでした。飲み物、おいくらですか？」

　財布《さいふ》を開くのへ返事をしようとすると、先に由比が首を振る。

「いらないよ。営業時間外だし」

「でも」

「な、一臣」

「……」

　預かった写真を手にしたまま、波佐間は煙草の煙を肺の奥深くまで吸った。

　カロンはまだジッと客を見上げている。

ユカリと由比の押し問答《もんどう》がひとしきりつづく。

「そんなわけにいきません。払わせてください。五〇〇円くらいですか?」

「でもなぁ、うち、ランチの定食が六五〇円だし。ええっと、また来てくれるんなら、今日のところは店長のおごりってことで。な、一臣。それでいいよな?」

ふう、と煙を吐き出しつつ、波佐間は仕方なしに「ああ」とうなずいた。

2

『間』には〝特別な客〟がやって来る。

水曜日の深夜一時すぎに、その奇妙な時間は訪れる。

向こう岸からの客と、彼に縁あるものとが、バーカウンターをまえにわずかな時をともにする。

先触れをするのは、カロンだ。

いったいどういう匂《にお》いを嗅《か》いで、あるいはどういった印に目をつけて、カロンが〝招待客〟を選ぶのかはわからない。確かなのはただ、カロンは招かれるべき客を間違いなく見つけ、嘴《くちばし》でつついて知らせてくれるということだけ。

ある日、店のまえに瀕死《ひんし》の状態で落ちていた子鴉《こがらす》に〝カロン〟……つまり、あの世とこの世のあいだに横たわる川の渡し守の名前をつけたのは、波佐間の祖父だった。

「一臣ぃ。明日のランチ、どうする?」

午後三時。最後の客が帰って『間』のランチタイムはそろそろ終わり。

由比と並んで水仕事をする。バシャバシャと水を飛ばしながら由比が食器を洗い、波佐間はそこらじゅうの水はねを几帳面《きちょうめん》に拭《ぬぐ》いながら茶碗《ちゃわん》や箸《はし》を片づける。

夜のバータイムに備えて、昼のあいだに使った鍋《なべ》やら食器やらを洗い、店内の空気を入れ換える。

他界した祖父のあとを継いでショットバー『間』を再開店させてから、約一年。由比を雇い入れたのは店を開けてほどなくだったので、雇用主とアルバイトの関係も約一年になる。

由比とは幼稚園以来の幼馴染みだ。

無口で人づきあいの不得意な波佐間と、陽気でおせっかい焼きの由比は、性格は正反対だが不思議とウマが合った。

小・中・高と一緒に通い、一人でいてもいっこうに苦にならない波佐間だったが、休み時間、放課後と、気づけばまるで勝手になついた犬のように由比がいつもそばにいた。

大学受験で進学先は分かれたが、その後も趣味の山歩きでしばしば顔を合わせた。就職して一年が経つまで、その関係は変わらなかった。

「どっちでもいい」

明日のランチは？　という由比の質問に、波佐間はぶっきらぼうに答える。

『間』のランチタイムは、不定期営業。

警備員を兼ねた住み込みバイトのくせに、由比は日によって起きてこないことがある。二階に籠《こ》もったきり「朝だぞ」と声をかけても返事をよこさない。波佐間もあえて無理には起こさない。からりと気持ちよく晴れた日がつづくとそんなことが多くなり、逆に雨がしとしと降るような時期には顔色がよくなった。

昨夜は明け方、小雨が降った。由比はニコニコと機嫌がいい。

「じゃあ、開けようぜ。金曜で学生も多いだろうし。食材、適当に買ってきて」

「わかった」

言われて波佐間は、財布をデニムのポケットに突っ込む。

ふだんから簡単に献立《こんだて》を考えて買い出しにいくのは、こちらの役割になっている。買い物を終えて帰ったところで〝シェフ〟のダメ出しをくらい、最初のメニューはかなりの修正を加えられて、日替わり定食に生まれ変わるのだ。

ランチの定番は、具だくさんの汁物と、茶碗山盛りのご飯と、漬け物。下ごしらえは波佐間もするが、仕上げの味付けは由比の担当だ。

「行ってくる」

「はいよ、行ってらっしゃい」

サンダル履きで店のおもてに出ると、道端にカロンの姿が見える。「カァ」と送り出されて、粗悪なセメント敷きの道をブラブラ歩きだす。

献立は、店先に並んだものを見て適当に思いつく。困ったときは豚汁にすると決めている。次に困ったら、けんちん汁。

……八百屋からまわるか。

四三小路を出て、駅に近い別の小路の青果店を目指していくと、トタン屋根からポトポト落ちる雨の名残《なごり》に首筋を濡らされる。

斜めに軒《のき》が傾《かし》いだ青果店では、店主が忙しそうに品物を並べている。

波佐間は黙ったまま品台の野菜を睨《にら》み、いちばん安いザルに手を伸ばした。

「これください」

「毎度！　少し萎《しな》びちゃってるから、おまけして百五十円でいいよ」

エリンギが安いのでそれも買い、となりの小路に入ると、精肉店のシャッターが降りている。〝都合により休業〟の貼り紙が濡れて剝《は》がれかけている。

「じゃあ、魚にするか」

野良犬小路のロータリー側には、朝早くから開けている鮮魚店がある。

「鱈《たら》が安いよ、おにいさん。おすすめだよ」

「だったら、それください」

「海老《えび》もどう？　こっちのパックは半額でいいや」

ビニール袋に買ったものをひとまとめにして入れて、アーケード街にある行きつけのディスカウント・ストアをまわって、豆腐と卵とロックアイスと缶詰を仕入れた。

街は今日も、大勢の買い物客で混み合っている。

〝見たい〟〝買いたい〟〝楽しみたい〟

外向きの欲求に素直に従う彼らとは、自分は真逆に向かって歩いていると、波佐間はなんとなく意識する。

ひととおりの買い物をすませてツギハギ横丁に戻り、小路の入口をくぐるところで、

……そういえば煙草《たばこ》、足りてたか？

ポケットから箱を引っ張りだした拍子に、ひら、と何かが道に落ちた。

拾い上げて、ああそうだった、と思い出した。

写真だ。

昨日の朝、客から預かったのを、そのままポケットに入れっぱなしにしていた。

る。

「面倒だな」

つぶやいてはみたものの、見ないことにしてポケットに戻すのは、なんとなく気が引ける。

ふと見る四三小路の入口には、古くて小さな薬局がある。営業は不定期で、界隈《かいわい》に貼り出された案内地図にも店名が書き込まれていない。聞くところによると、店主が掲載を拒否しているそうだ。

ヒビの入った薬局の看板は傾いていて、

〝ラッキー薬局。煙草あります〟

どう見ても〝煙草あります〟のほうは、あとからのつけ足しだ。だいいちシャッターがすっきり開いて薬を売っているのを見たことがない。四三小路の入口という立地にしても、寂れた風情《ふぜい》にしても、とうてい〝幸運《ラッキー》〟が待ち受けているとも思えない。

とりあえずここでいいか、と波佐間は声をかけてみた。

「すいません、煙草ありますか。すいません！」

大きめの声で呼ぶと、5センチほど開きかけのシャッターの奥で人の蠢《うごめ》く気配がした。

しばらく待つと、かすかに舌打ちが聞こえる。瘦《や》せて骨張った手が重そうに灰色のシャッターを持ち上げ、ガシャガシャと騒々しい音の向こうに年取った女の顔があらわれた。

いかにも古い横丁に似合いの妖怪めいた姿だ。

「何か用？」

よこされたのは、カロンに負けず劣らずの嗄《しわが》れ声である。

波佐間は自分の煙草を差し出して注文する。

「煙草ください。これと同じもの」

薬局の主は、祖父がバーをやっていたころには常連客だったと聞いたことがある。波佐間が店を開けるようになってからは一度も通ってきたことがない。曇った金縁眼鏡の奥で、疑《うたぐ》り深そうな目がウロウロと泳いでいた。

「それと、この写真。このひと、見かけたことありませんか」

買い物ついでにと写真を出して見せた。

痩せた手で煙草を1カートンつかみ上げ、老女は嫌そうに写真をのぞき込んで「ほえぇ」と妙な声をもらす。

「カノジョ？」

「違います」

「じゃあ、奥さん？」

「違います」

「それじゃ誰？」

「店に来たお客さんの、妹です」

「ほえぇ、そうなの」

上目遣いにチラリとだけこちらを見て、薬局の主はいかにも「かわいそうに」という表情を、顔に貼りつけた。

「聞いてない？　〝四三小路で人捜しすると早くに連れてかれるよ〟って」

陰気な調子でそう言われ、波佐間はほんの少しだけ顔をしかめる。「よしたほうがいいよ」と写真を返された。

「見ないね、あたしは」

「そうですか。ありがとうございました」

……これでいい。義務は果たしたし、余計な責任も負わずにすむ。

煙草と買い物袋を手に、横丁の看板をくぐって『間』に戻ると、由比がカウンター奥の椅子《いす》にだらしなく腰かけ、本を読んでいた。

「お帰りぃ。どんなもん買ってきた？」

「三つ葉、エリンギ、鱒、海老、豆腐」

「献立《こんだて》は？」

「鍋物風《なべもの》の汁物」

　腰を上げた由比が、どれどれ？　とカウンターごしに買い物袋をのぞき込んだとたん、きれいな顔を大げさにしかめて叫んだ。

「おい、これって三つ葉じゃないだろ？　パクチーだろ」

　買ってきた薄緑色の野菜をつまみ上げて、文句を言う。

　パクチーは、別名シャンツァイ、コリアンダー。匂《にお》いにクセのある香草でエスニック料理に使われることが多い。

　当然、和風の汁物との相性はいまひとつだ。

「おまえさぁ、味噌がないとか、七味がないとか、どうでもいいことに小うるさいわりには食材に無頓着《むとんちゃく》なのな」

「三つ葉に見えた。似たようなもんだろう」

「はあぁ？　違うぞ、だいぶ！　葉っぱの付き方とか、ギザギザの感じとか。だいたい三つ葉をこんな山盛りにして売るか？　ここらへんアジア系の店が多いから、そういうとこ向けの安売りだろ？」

　茶髪をかきまわしながら口うるさく抗議する由比を尻目に、波佐間は買ってきた煙草をさっそく一本つまみ出す。

「このへんは和食屋も多い」

「おまえ、口数少ないくせに減らず口だな！　とにかくどーすんだ、こんなに!?」

そう言われても、鍋物がダメと言われたら自分はお手上げだ。

「まかせる」

ぼそっ、と言って、くわえ煙草に火をつけた。

3

ウイスキーは琥珀《こはく》色の酒だ。

アルコール度数おおむね四十度から五十度の蒸留酒《じょうりゅうしゅ》。穀物《こくもつ》原料を用い、木樽《きだる》で長期熟成されていることが、ウイスキーと呼ばれるための条件となる。

アメリカン、カナディアン、アイリッシュ、ジャパニーズと、世界に主要な産地がいくつかあるが、ことにスコッチ……スコットランド産ウイスキーは個性豊かで、奥が深く、ファンも多い。

夢見るような琥珀に、スモーキーな香り。

魅惑的な色は、熟成に使われるオーク材の樽によるものだ。蒸溜したてのウイスキーは無色透明。それが樽の成分に触れて長く眠るうち、深みを湛《たた》えたあの色に染まる。

独特の燻香《くんこう》は、大麦麦芽《ばくが》を乾燥させるときに燃料として使われる泥炭《ピート》に由来する。荒野を覆《おお》う草花が枯れて厚く堆積《たいせき》し、何千年もかけてピートをつくる。

樽のなかで十年二十年とかけて育つウイスキーに、色も、香りも、じっくりと染み込み、飲むものを心地よく酔わせる芳醇《ほうじゅん》な液体を作り上げる。

……気が長い話だ。

波佐間はウイスキーを、古い写真に似ていると思う。


目を開けて時計を見ると午前十時をまわっている。

体を起こして、ベッドサイドに目を向ける。

開いたまま伏せられたアルバムが数冊、畳《たたみ》の上に散らばっている。

部屋に射し込む陽の光が弱いので、今日のランチタイムは問題なく営業だろうと、お天気しだいの相方を思い浮かべた。

Tシャツをかぶってデニムを穿《は》き、顔を洗って歯を磨く。

年代物の冷蔵庫からスポーツドリンクのペットボトルを取り出し、残っていたぶんを一気に飲み干した。

左手首に時計を着け、仏壇《ぶつだん》のまえにしゃがんで、祖父の写真に向かって短く手を合わせる。無口で孤独を愛した祖父は、病とつき合いながら静かな晩年を過ごし、最期《さいご》は穏やかに旅立った。

「行ってきます」

ＨＡＺＡＭＡと表札のかかった家を出る。

祖父から受け継いだ家は、駅から歩いて二十分ほどの距離にある木造家屋だ。板壁がツタに覆われた築数十年の二階建ては、悪天候や地震のたびに、どうやら隣人をおののかせているらしい。

会社勤めをしていたときに初めての給料で買ったロードバイクにまたがり、人通りの少ない道を行く。歩いても苦にならない距離だが、風を切って走れば他人と関わらずにすむ確率が高い。

賑《にぎ》わう界隈《かいわい》に入ってからは、バイクを押していく。ツギハギ横丁のせせこましい小路をぶつからないよう行くのにも、もう慣れた。

『間』のまえまで来ると、人の話し声が聞こえた。

……開店時間まえに、また客か？

引き戸の磨《す》り硝子《ガラス》ごしに店内の人影が見える。

ガラ、と音を立てて戸を開けると、狭い店内に客がいた。しかも二人。

「よお、一臣。おはよ」

陽気な由比の挨拶《あいさつ》に、波佐間はチラと抗議の視線で応える。

「こんにちはぁ。お邪魔してます」

こちらをふり返ってペコと頭を下げた客は、顔見知りだ。

「優花《ゆうか》ちゃん、来てくれたぜ。午前中の授業、休講になったたって」

星林大《せいりんだい》に通う女子大生の優花は、先ごろ恋人とともに『間』を訪れて以来すっかり常連となっている。

「学校の食堂、まだ開いてなくって」

「……念のために教えると、こっちも開店まえだけど」

大勢で押しかけてほしくないという波佐間のリクエストを聞いて、これまでは一人か、または彼氏と二人でしか来たことがなかった優花だが、今日は初めて女友だちを連れている。おおかた、ちょっと立ち寄っただけなのを、由比が「入りなよ」と気安く誘ったに違いない。

「こちら、サークルの友だちで、リノちゃんです」

優花のとなりで、照れくさそうに友だちが肩をすくめている。

「リノでーす。よろしくお願いしまーす」

優花は、薄いブルーのワンピース。リノのほうは、半袖《はんそで》のコットンブラウスにデニムという服装だ。初夏らしい色合いと、ふわりと漂う女の子の香りで、薄暗い横丁のバーが急に〝おしゃれスポットのカフェ〟になる。

リノが優花にコソコソと耳打ちする。

「ほんと、いい雰囲気《ふんいき》だね。照明とか、棚の感じとか、かわいい。四三小路のバーだっていうから、超あやしげなの想像してた」

カッコイイね、と。由比のほうを見てつけ足す声が、波佐間にもしっかり聞こえた。

「バックバー」

無愛想に波佐間は言う。

「え？」

きょとんと目を瞠《みは》るリノに、

「棚の呼び方。バックバーだよ」

聞いていた由比が慌てて補足する。

「バックバーっていうのはね、ウイスキーボトルが並んでるカウンター後ろの棚のこと。ゴメンね、こいつ、ほんと愛想なくって」

波佐間の仏頂面《ぶっちょうづら》にはすでに慣れっこの優花が、無邪気に言いつける。

「二人とも聞いてくださいよ。リノってば、出るって言うんです」

由比が「なになに？」と、興味津々《しんしん》の顔でカウンターに乗り出して訊く。

「出るって何の話?」

「ちょっと、優花ぁ」

「ユーレイです、ユーレイ! リノん家《ち》ってむかしからこの街に住んでて、おばあちゃんとか、ひいおばあちゃんとかから、そういう話、聞かされたって」

「へえ、どんな? 教えてよ」

「えー、恥ずかしいですよぉ」

ぱっと見モデル並みの容姿の由比から愛想よくせがまれ、リノは目を輝かせてまんざらでもない顔だ。

波佐間は火をつけていない煙草《たばこ》を口の端にくわえ、調理台に目をやって仕込みの具合を確かめる。

「ここって、もともとヤミイチじゃないですか。戦争とかで死んだ人の霊が、生きてる人に会いたくって、彷徨《さまよ》って出るんです。ひいおばあちゃんが若いころは、ヨユーで出たって。生きてる人とあんまり区別がつかない感じだって」

「へええ、すごいね」

「最近でも見るっていう噂《うわさ》はそのまんまで、近所のおばさんも〝小さいころ死んだ弟にそっくりな子を見かけた〟って怖がってました。『もしも死人に会ったら、そっと水だけ供えて帰ってもらえ。水の他には絶対この世のものを飲み食いさせちゃダメだ』って言われてるんです。じゃないと、帰れなくなるとか連れてかれるとか……とにかく四三小路は心霊スポットだって有名なんですよ。だから、優花からお店に通ってるって聞いたときは〝よしなよ、連れてかれたらどーすんの〟って言ったんですけど」

せせこましく並ぶ七つのスツールの真ん中で、リノが笑う。

カウンターに頬杖《ほおづえ》で乗り出す由比が、茶髪を揺らしながら彼女に問いかける。

「で、どう？　連れてかれそう？」

由比にジッと見つめられて、女子二人が「きゃー」と大げさな声を上げた。

「由比。馬鹿やってないで、仕込みのつづきやれ」

波佐間は低い呆《あき》れ声だ。いまさら言われなくても、四三小路がそういう場所なのはじゅうぶん知っている。

「はーい、ご主人様。な、こいつ、人使い荒いだろ？　優花ちゃん、リノちゃん、俺のこと連れて逃げてくれない？」

甘え調子の由比にすっかりのせられて、優花もリノも楽しそうだ。

調理台には、使い込まれたフードプロセッサがどっかり置かれている。由比はそれを使って何かをこしらえていたようである。

缶詰と、小麦粉の袋と、昨日買ったパクチーが台の上に並んでいる。

「鍋物《なべもの》は？」

米を量りながら、まだ空《から》っぽの鍋を見やって訊くと、

「あー、和風はやめ。薩摩《さつま》揚げ作ることにした」

「薩摩揚げ」

「そ。エスニック風の。おまえが山ほど仕入れてきた〝三つ葉〟使って」

パクチーをつまみ上げて振り振り、由比が言った。

翌日のランチタイムに店を開けると決めたら、前日のうちに買い物と簡単な仕込みまでをすませておくことが多い。しかし昨夜は、パクチーにうんざりした由比が「明日考える」と調理を放棄した。

『トムヤムクンは、十日前くらいにやっただろ。シーフードカレーも今月に入って作ったし』

とはいえ『間』のランチタイムの常連は優花くらいなものだ。ふらりと気紛《きまぐ》れで食べていく一見《いちげん》の客ばかりなので、たとえ豚汁が一週間つづいても困りはしないだろうと、波佐間は思うのだが。

「今日は、エスニック風の薩摩揚げが入ったグリーンカレー。たっぷりパクチー添え」

由比が得意気に発表するメニューに、優花とリノがそろって歓声を上げる。

「超おいしそー！」

「ヘルシーっぽいよね。由比さん、料理上手なんだよ。豚汁とか、けんちんとか、定番のもすっごく美味《おい》しい。あ、波佐間さんも一緒に作るんですよね？　よそってくれるの、いつも波佐間さんだから、最初は由比さんじゃなくて波佐間さんのほうが料理上手なんだと思ってたけど」

「えー、いいな。料理できる男のひとって、ポイント高ぁい」

「ちなみに由比さん、ふだんから自炊《じすい》ですか？　もしかしてカノジョにも作ってあげてたり？」

　優花がそんなふうに訊きながら、となりのリノを肘《ひじ》でちょっと小突いた。どうやら友だちのために、由比の個人情報をそれとなく聞きだそうというつもりらしい。

　訊かれた由比が、こちらをチラと見る。

　波佐間は興味がないので、構わず米をとぐ。

「ん……俺いま、カノジョいないしなぁ。ここの二階に住み込みだから、もしできたとしても怖い雇い主の手前、部屋に呼んだりって、なぁ」

　どうだよ、と話を振られて波佐間は無言だ。雇用にあたって特に〝恋愛禁止〟を言い渡した覚えはない。

　リノが伸び上がるようにして由比に話しかける。

「お店の二階に住んでるんですか!?」

「うん」

「じゃあ、お休みの日は二階にいるんですか？」

「うん。っつっても、まあ、たいてい寝てるけど」

「あの ー……料理上手なのって、まえのカノジョに教えてもらった、とかですか？」

「あはは、違う違う。俺ん家《ち》って、両親そろってずっと海外でさ。だから、中学んときから一人暮らしだったの。友だちが遊びに来ると料理して食わせてたから、それで苦にならないんだよね。むしろ趣味？」

「そうなんですかぁ。なんか、いいですね」

「ってわけで、いま現在、俺の手料理を食べられるのは、キミたちだけだよ。ランチタイムまでゆっくりしてったら？　おい、一臣。コーヒーくらいサービスで淹《い》れろよ」

　トン、と足を蹴《け》られて波佐間はしぶしぶカップを取り出した。開店まえの店に座らせていることからして、すでにかなりのサービスだと思うのだが。

　億劫《おっくう》なのが丸わかりの手つきで鍋に湯を沸かし、インスタントで作る。

由比が山盛りのパクチーを、薩摩揚げに使うぶん、ペーストにして保存するぶん、カレーの飾りに使うぶん、と分けて手際《てぎわ》よく処理していく。

「俺が薩摩揚げやるから、カレーのほうまかせるわ。そこに缶詰出してある」

「わかった」

「トムヤムクンのときに買ったバイマックルー、冷凍してあったよな。あ、ココナツミルクは俺にまかせて。おまえ、加減わかんないだろ」

「ああ、そうする」

男二人の料理を、優花とリノがクスクス笑いながら見学する。いまにも分解しそうな音を立ててフードプロセッサが動くと、彼女たちはそろって屈託のない笑い声を上げた。

ペースト状にした鱈《たら》とパクチーと、刻んだ海老《えび》、豆腐、小麦粉、卵……それらをボウルに入れてスパイスをひと振りした由比が、やにわにしゃがみ込む。

「由比？」

ハッとして波佐間は声をかけたが、食材から顔を背けた由比が「くしゃん」と言った。

「悪ぃ、ただのクシャミ」

……人騒がせだ。

顔をしかめて波佐間はパキッと缶詰のプルタブを引く。

「ガラムマサラが鼻に……じゃなくて、またジローのやつか？」

クシャミは猫のせいか？　と由比がぼやくと、優花とリノがなぜだか顔を見合わせた。

「ジローって、もしかして人形焼き屋さんのジローのことですか？」

「ジローがどうかした？」

鼻をつまみながら由比が訊くと、

「聞いたんです。木曜くらいから食欲なくしてグッタリしちゃってるって。野良犬小路のバールの店長さんが心配してました。好物のササミ差し入れたけど食べなかったって」

「へぇえ、具合悪いのか」

アレルギーに悩まされている由比は、そうと聞いてどっちつかずの顔色だ。眉根《まゆね》は寄せてみたものの、口もとはついつい緩《ゆる》みかけている。

その足もとを波佐間は先ほどの仕返しに、トン、と蹴ってやった。

「喜ぶな」

「喜んでないだろ！　鼻さえ壊れなきゃ、俺だって猫は好きなんだ」

小声で言うのを聞いてか聞かずか、地元育ちだというリノが教えてよこす。

「ああ見えて、ジローって、けっこう年いってるんですよ。いまのジローって、確か五代目だったかな。幼稚園のころ、母親と一緒によく人形焼きを買いに行って、小っちゃかったジローの頭を撫《な》でさせてもらってました」

「へえ、そうなんだ」

「そういえば、優花から聞きましたけど。由比さんと波佐間さんって、幼稚園のときからの幼馴染《おさななじ》みなんですよね？　いいなぁ。誰かとずーっと一緒って、憧れます。写真とかありますか？　絶対かわいいと思う、由比さん、子供のころ」

ねー、と言って女子二人がはしゃぐ。

由比が「子供のころだけ？」と言っておどけている。

無邪気に写真を見たいと言われて、波佐間はきっぱり断った。

「ないよ」

優花とリノが、え？　と、こちらをふり返る。

「写真なら、ない。アルバムは実家に置いてきてるから」

なぁんだー、とたちまち語尾を下げてリノが大げさに落胆《らくたん》した。

「ザンネンー。じゃあ想像します！　あ、ジローにもしものことがあっても大丈夫ですよ。駅向こうの喫茶店にジュニアがもらわれてて、そこに子猫が生まれたばっかりだから」

当代ジローに何かあっても跡継ぎはちゃんといますから、と言う。

たちまち口の端をさげた由比が「ありがとう。覚悟しとくよ」と、ぼやき声を吐いた。

深めのフライパンに油を熱し、由比が俵《たわら》型の薩摩揚げをつぎつぎと揚げていく。少し焦がしめにカリッと揚げたのが、キッチンペーパーの上でジュワジュワ音を立てる。

缶詰のグリーンカレーは、鍋《なべ》のなかでゆっくり温まる。

水気を取り戻したパクチーが、薄緑色の影をボウルの側面に映す。

やがて炊飯《すいはん》ジャーがけたたましくアラームを鳴らして、ご飯の炊《た》き上がりを知らせた。

優花とリノはランチを食べていくかと思いきや、昼には別の約束があったらしい。十二時まえになって、いそいそとスツールから降りた。

「また来まーす。コーヒー、ごちそうさまでした!」

「お邪魔しましたぁ。あ、リノ。出るとき、カラス気をつけて」

「カラス?」

「うん。ここ〝看板カラス〟がいるから」

引き戸を開けるリノが道を見渡して「大丈夫だよ」と言った。

ペコリとかわいくおじぎして、

「今度、子供のころの話、聞かせてくださーい」

由比が愛想よく「また来てねー」と手を振った。

ガラガラと引き戸が閉まる。

波佐間は、紙にサインペンで〝エスニック風さつま揚げのグリーンカレー　六百五十円〟と書くと、看板を出しにカウンターを出た。

「そういえばさぁ、一臣」

店を出ようとするところで、ふいに背後で由比が言った。

「あれさぁ、どうしてだっけ？」

引き戸を開けかけた手を止めて、波佐間は由比をふり返る。

「何？」

「さっきリノちゃんに言われて、ふと思い出したんだけど。幼稚園のとき、俺とおまえでさ……先生と親から、えらく叱《しか》られたことあっただろ？　シマダっていったっけ。女の先生が真っ赤な顔して泣きながら怒ってて。おまえはむくれて黙り込んで、俺はワンワン泣きじゃくって。あれって、何でだっけ？　俺たち、何やらかした？」

「よく覚えてるな、そんなむかしのこと」

「うん。最近のことはあんまり覚えてないのにな」

少し考えて「思い出せないな」と波佐間は返事をした。

二十年もまえの出来事は、譬《たと》えるなら、酒に沈んでおおかた溶けてしまった氷だ。もとのかたちは知れない。水になってしまえば、そこにあったかどうかさえも定かでない。ただ薄い酒の味だけが、その名残《なごり》を匂《にお》わせる。

由比がカレーの仕上げにココナツミルクを足している。

「そういやさ……俺は、おまえの泣くところ、見たことないね」

レードルで鍋をかき混ぜ、味見をしながら、そんなことを言う。

「おまえはさんざん、俺の泣き顔見てるだろ。俺ってガキのころから泣き虫だったから。おまえは子供んときから無愛想だもんな。いっぺんくらい居合わせてみたいよなぁ、おまえが泣くところ」

ガラガラッと音を立てて、波佐間は戸を開けた。

「……あるだろ」

火加減を見るためにコンロの向こうで屈み込む由比に、その声は届かない。

「おまえが目閉じてて、見なかっただけだろ」

店の外に出て空を仰《あお》ぐと、向かいのトタン屋根にカロンの黒い姿が見えた。

「なんだ、いたのか」

つぶやいてみて、まるで自分がいつも由比にかけている言葉のようだと考えた。

チラと、磨り硝子《すガラス》ごしに揺れる友の影をふり返る。

由比の存在は、あやふやだ。

自分と由比の関わりようも、同じくあやふやだ。

過去を留《とど》めたままのツギハギ横丁に、かろうじて小さな居所を見つけて、刹那《せつな》的な毎日を過ごしている。

よく晴れた日に「眠い」と言って由比が二階へ上がると、それきり二度と起きてこないのではないかと思うときがある。

二年前、由比は雪山で事故に遭《あ》った。雪崩《なだれ》で、一緒に登っていた自分も危なかったが、由比のほうが遭難《そうなん》していた時間が長かった。

事故後に別れて、再会するまで約一年。あれ以来、由比はしばしば記憶が飛ぶという。昼間でもやけに眠たがることが多い。湿度が関係あるのかどうか、好天に恵まれた日ほど体調が不安定だ。

「ブラック雇い主だ」だの「パワハラ反対」だの、事あるごとに文句を吐いてはいるが、いまの『間』でのユルい働きかたは、由比にとってラクなのだろう。彼が本気で『間』の戸口から出て行こうとしたことはない。

……とはいっても、いつまでもこのままじゃいられない。

ふと目を向けた先に、長いこと閉まったままの錆《さ》びたシャッターがある。店名も剝《は》がれて、かつて何を商《あきな》っていたのかもうわからない。
二、三年後の『間』も、ああなっているかもしれない。儲《もう》けの出ないバーの経営は、たとえ多少のやる気を出してみたところで、そう長くつづけられるものではない。だったら煙草《たばこ》やめて節約しろよ、という由比の声が聞こえてきそうだが。
いまは〝おしゃれスポット〟として人気の横丁に、いずれ再開発の波が押し寄せないとも限らない。

都合よく気づかないフリをしている現実について、自分か、由比か、あるいは他の誰かが、堪《たま》らず暴《あば》き立てる日が来るのかどうか。

……まるでシェリー樽《たる》で眠るウイスキーだ。

熟成の時が訪れるのを、たゆたい、夢見ながら待っている。閉じられた空間は心地いいけれど、確実に終わりはやって来る。

「いい酒になるんだとしたら……あながち非生産的だとも言えないか」

苦笑いを浮かべたくちびるに、新しい煙草を一本くわえた。

『間』の看板をフックに掛け、ランチメニューの貼り紙を終えて、さっきの由比の質問についてもう一度考えた。

幼稚園。

先生の怒り顔。

由比の大げさな泣き声。

叱られたということは、何かしら質《たち》の悪い悪戯《いたずら》をやらかしたに違いない。幼かった二人が犯した罪とは、いったいなんだっただろう。

……むかしのことだ。それに、小さかった。思い出せるはずがない。

そういう可能性がほぼ限られていることを種に、子供のころはよく、胸のなかで身勝手な賭《か》けをした。

梅雨《つゆ》のさなか、傘《かさ》マークを並べた天気予報を眺めながら、

〝もし明日晴れたら、由比に「ありがとう」を言う〟

キッチンで夕食の支度《したく》をする母親の気配を感じながら、

〝もしカレーじゃなかったら、日曜の野球に参加する〟

そしていま、琥珀《こはく》色に染まった幼稚園の景色を脳裏《のうり》に思い浮かべて、

「もし思い出したら、そのときは……」

4

日、月と二日間休みにして、火曜日に『間』を開けた。

朝イチで店に出ていくと、由比がヘロヘロな顔で待ち受けていた。

今朝は料理をする気が起きない。味つけ以外はすべてまかせたと言われて、波佐間は定番の豚汁づくりに取りかかる。

「そういや、一臣ぃ。あれ、どうした？　先週木曜に来たユカリちゃんの件」

思い出したように訊かれて、ああ、と気のない返事をした。

人捜しをしていると言って開店前の『間』に立ち寄った女性、池谷ユカリ。彼女から預かった写真を、一度は薬局の女主人に見せて訊ねたが「知らない」と言われて、それきりになっていた。

写真はカウンター隅に置きっぱなしだ。

「それなら薬局で訊いてみた」

「それで？　何か〝クルミちゃん〟の手がかりあった？」

「特にない」

「薬局と、他には？」

「薬局以外は訊いてない」

「おまえぇ、それって、やる気ないにもほどがあるだろ？」

写真をわざわざ預かっておいて、それはないだろ、と由比が呆《あき》れ声だ。

「それならそれで、ユカリちゃんに電話入れてあげないと。期待して待ってるかもしれないんだし」

こちらが話を終わりにしようとするのを、しつこく食い下がる。

波佐間はことさらぶっきらぼうに返事をした。

「水曜が来ればわかるだろう」

水曜深夜『間』には〝特別な客〟が訪れる。

それを待てばいいだろうと答えると、カウンターに頬杖《ほおづえ》をついた由比がだるそうに言う。

「でもさぁ、カロンのやつ、はっきり彼女をつついたわけじゃなかっただろ？」

つつきたそうな、つつきたくなさそうな、はっきりしない感じだっただろ、と。

言われて波佐間は、黙ったまま煙草を灰皿に押しつけた。

……鈍感め。

仕事は本日サボりのくせに、客の悩みについて、ああでもないこうでもないとかまける由比を、胸のなかで短くなじる。

池谷ユカリに同情はするが、正直、この件にあまり深く関わりたくはない。生死不明の親しい人間を捜して彷徨《さまよ》う姿は、かつての誰かを思い起こさせる。ユカリがたどり着く結末がどうあれ、自分はその過程につき合いたくはないし、由比にも近づいてほしくないのだ。

無言のまま話題を切り上げようとしたが、

「って、真面目《まじめ》に聞いてないだろ。一臣」

由比がカウンターの写真を取って、デニムのポケットに突っ込みにくる。

「よせよ」

体をよじって避けようとしたが、無理やり入れられた。

「水曜が来れば、って言うけどどさ。おまえだって見たくないだろ? 〝お姉ちゃん、久しぶり。あたし実は死んでるの〟とかいうシーン。だとしたら、ユカリちゃん、来ないほうがいいじゃない。おまえがちょこっと近所に訊いてまわって、それで電話一本入れればすむ話だろ?」

しぶしぶ写真を由比の好きにさせて、ニンジンを切り、大根を切り、小ぶりの里芋《さといも》をむく。油抜きして細切りにした油揚げと、ネギと豚肉を鍋《なべ》に入れたところで、足りないものがあるのに気がついた。

「ゴボウがないか」

チラと柱時計を見やって、青果店はすでに開いている時間だと確かめた。

話をしまいにするには都合がいい。

「ちょっ、一臣！　ゴボウなくたって豚汁作れるだろ？　ゴボウよりクルミ……おいっ」

わめく由比を置いて、財布《さいふ》をポケットに突っ込み、店を出た。

道端でヒマそうにしているカロンに見送られ、急がない足どりで先日パクチーを買った青果店まで出る。

四三小路は静かなものだが、駅に近い界隈《かいわい》にはすでに人通りがある。

遅めの通勤客、学生。『小萱』の買い物袋を持った買い物客も見える。

忙しなく行き交う人々を、薄暗い小路のなかから、まるで他の世界の住人のように眺めやる。

青果店をのぞくと、ちょうどバラ売りのゴボウが品台の端にのっていた。念のためしげしげ眺めて、立て札に〝ゴボウ土つき〟とあるのを確かめてから、代金を支払う。

用事をすませて引き返そうとすると、

「通行止め、か」

あいにく来た道が台車にふさがれていた。

午後からのカフェが開店準備で食材を搬入する時間らしい。避けて通れそうもないので、
となりの小路へ抜けて迂回《うかい》して帰ることにした。

ロータリーへいったん出てから足を踏み入れるのは、野良犬小路の一本裏手。

その道筋は、日のあるうちは野良犬小路ほどには賑《にぎ》わわない。むかしながらの居酒屋が
ぽつぽつあるが、客が集まるのは店が開く日暮れ以降だ。

行く手に赤飯屋の小さな看板を見つけて、波佐間は足を止めた。

「ああ、そうか」

かつて祖父から〝横丁の人気者〟のねぐらについて、聞かされたことがあった。

人形焼き屋の店主は、実は『小萱』の裏にもう一店舗《てんぽ》持っていて、赤飯や巻き寿司の仕
出しをやるその店のほうが猫のジローの本来の寝床。

先週末『間』を訪れた優花が言っていた。

『木曜くらいから食欲なくしてグッタリしちゃってるって』

エアコンの室外機やらポリバケツやらを避けつつ道を入っていくと、小路のなかほどに

赤飯屋がある。試しにのぞいてみると、店のとなりの狭い物置スペースで、ジローが静かに眠っていた。

錆《さ》びたハシゴの手前に古びたビールのコンテナが逆さに置かれ、そこに敷かれた座布団の上に、相変わらず巨大なジローがまるくなっている。つい何日かまえまでは面構《つらがま》えもふてぶてしく、足どり悠々《ゆうゆう》と四三小路までパトロールしてまわっていたのが、急に老け込んでしまったようだ。

穏やかなジローの寝顔を見ていたら、ふと遠い過去を思い出した。

『オミくん！　オミくん！』

黄色い帽子に、黄色い肩掛けカバン。空色のセーラーカラーのついた愛らしい制服。幼稚園児の由比は〝カズオミ〟が言えずに、波佐間を〝オミくん〟と呼んでいた。ふわふわの天然パーマに色白の小さな顔で、大人たちからは「天使みたいね」とかわいがられ、しょっちゅう女の子に間違われていた。

笑うのも泣くのも人一倍おおげさで、愛嬌《あいきょう》があるから友だちにも人気があった。

アレルギーなのに、犬や猫を見ると必ず大急ぎで駆け寄った。

子供のころから変わらない由比のクシャミを思い出しつつ、波佐間はジローのまえにしゃがみ込む。

ない。


「由比を喜ばせていいのか？」

そんな皮肉を、ぼそ、とつぶやくと、寝ていたジローがうっすら目を開けた。以前のように「ガウ」とは鳴かない。茶トラ模様が急に薄ぼけて見えて、なんとも頼りない。

と、そこに、ガラリと戸を開けて中年の女性が顔を出した。赤飯屋の店番は『小菅』の店主の妹なのだと、確か祖父が言っていた。

不審顔を向けられて、波佐間は軽く会釈《えしゃく》する。

「四三小路の『間』です」

名乗ると相手が「あら」という顔になった。

「『間』の？　それじゃ去年亡くなったマスターのお孫さん？　わざわざジローの様子を見にきてくれたの？」

「ジロー、よくないんですか」

相手がサンダル履《ば》きで出てきて、ジローのまえに屈み込んだ。濡れた手を小豆《あずき》色のエプロンで拭いて、よしよしと猫の頭を撫《な》でる。ジローは目を閉じたまま黙って撫でられている。

「そうねぇ。もしかしたら、あと何日ももたない感じかしらねぇ。長いこと勤めてくれたから、最期《さいご》に上等の魚でも食べさせてやりたかったけど。なにしろ急だったもんだから」

残念ねぇ、と言いながら喉《のど》のあたりを擦ってやる。

「よかったら撫でてやってちょうだい」

どうぞ、とジローのまえを譲《ゆず》られて、波佐間は申し訳程度に猫のまるい体を撫でた。

……案外、硬いんだな。

このところ由比の鼻腔《びこう》を苛《さいな》んでいたジローの毛は、思いのほかゴワついている。

ありがとうございました、と飼い主に礼を言って、立ち上がった。

ゴロとも言わないままのジローの寝顔に別れを告げて四三小路まで引き返すと、店先にカロンの姿はなく、引き戸の向こうから由比のクシャミが聞こえていた。

なんとなく店の手前で立ち止まり、ゴボウを片手に握ったまま、ポケットに手を入れる。

携帯と、それから由比に無理やり突っ込まれた写真が一枚入っている。

取り出してみる写真は、持ち主の必死な願いが染み込んだせいだろうか、ずいぶんと古びて見えた。

……ウイスキーに似てる。

そこに焼きついてわだかまる時間と思い出が、琥珀《こはく》色の酒を連想させる。

ほんの少し顔をしかめてから写真を裏返し、携帯を手に、そこに書きつけられた番号に電話をかけた。

3コールほどでつながって、

『はい?』

ハキハキとした女の声が聞こえてくる。

と、頭上から「カァ」と声がした。

トタン屋根を見上げると、どこからか帰ってきたばかりらしいカロンの黒い影がある。

『もしもし?』

「ツギハギ横丁の『間』です」

『ツギハギ……あ、先日の?』

こちらを見おろすカロンの黒い眼を「なんだよ」と仰《あお》ぎながら、波佐間は電話の相手に向かって淡々と告げる。

「すいません。あれから近所で訊いてみたんですけど、見かけたっていう話は聞けませんでした。写真を返したいんですけど、差し支えなければ住所を教えてください。返送します」

てっきり住所を教えられるだろうと思って待ったが、相手は少し黙ったすえに、あまりありがたくない返事をよこした。

「明日、水曜日ならうかがえます。お礼も言いたいし。お店、何時までやってますか？」

5

化粧室《けしょうしつ》の大きな鏡に心配顔が映っている。

まるで自分でないような気弱な顔だ。

「そういえばさ。課長って先週からすごい咳《せき》でしょ。あれってマスクしてほしいよね。あたしの席、あのひとの真ん前なんだよ。ねえちょっと池谷さん、聞いてる？」

「……あ、すみません。考えごとしてて」

会社の昼休み。

同僚と一緒に化粧直しに来ていて、途中からついぼんやりしてしまった。

三期上の先輩社員が、小さな目に器用にアイラインを引きながら苦笑する。

「何よぉ。マリッジブルーっていうやつ？　もっと幸せそうな顔しなさいよ」

「そう、ですね」

「いまさらカレとうまくいかなくなった、なんて言わないよね？　同情しないよ。先越されて〝やられた〟って思ってるんだから」

鏡ごしに冗談めかして言われて、ユカリは肩をすくめてみせた。

二ヶ月後に結婚式を控えている。他人から見れば〝幸せなゴール〟への助走期間だ。さぞかし浮かれているに違いないと、思われているだろう。

……なのに、喜べない。

フゥ、と重い溜息をついて、もう一度、鏡に映る自分を見た。

無理をして口角を上げ、営業向けの顔をつくってみる。

さっぱりとした髪型は、いまの自分にとてもよく似合う。流行色をつけたくちびるで、午前中はミスなくプレゼンテーションを乗り切った。意志が強そう、と恋人から褒《ほ》められた目を、いつもより大きめに見開いて、曇る気持ちをごまかせないかと試してみる。

大学卒業後の留学経験を買われて、中堅の広告代理店に就職した。

勤めて二年。外資系クライアントの新規開拓業務をまかされて、結婚後も変わらず仕事はつづける予定だ。企画書のファイルが数冊入ったバッグを、重すぎると感じたことはない。

化粧品をポーチにしまって、ふと胸に手を当てながら、数年まえとはなんて違うんだろうと考えた。

時間がゆったり流れていた日々を思い返す。

かつてはあたりまえだった日常が、いまはとても遠くに感じられる。

……いつもクルミが一緒だった。

「池谷さん！」

「あ、はい」

「しっかりしてよ？　午後から外まわりでしょ。披露宴のドレスどれにしようか、なんて考えてる場合じゃない！」

ぽん、と背中を叩かれ「急いで」と急《せ》かされた。

先に戻っていく同僚たちがヒソヒソ声で囁《ささや》き合っている。

「池谷さんのお相手って、ゼフュア・ファーマのコマーシャル・セクションのチーフですよね？　にしたら、やけに地味なお式だと思って。同期なら呼んでもらえるかと思ったのに」

「やだ知らないの？　おうちの事情。お相手が彼女に気を遣って、合わせてあげたって……」

同僚たちに遅れて化粧室を出ながら、ユカリはすばやくスマホで情報をチェックする。

掲示板のカキコミへの新しい回答は、まだない。

婚約者からのメッセージが一通、入っている。

〝明日、会えるかな？　旅行のことで相談あるから〟

心が浮き立つはずのメッセージを煩《わずら》わしいと感じてしまうのは、それより大事で、それより急ぎたいことがあるからだ。

〝ごめんなさい。明日はムリ〟

短く返信する。こんなにそっけない返事を彼に出したことは、たぶん、いままでにない。

こんな気持ちじゃ、先にすすめない。

「いったい……どこ行っちゃったの？　クルミ」

6

アルバムはずっと、同じ場所に伏せられたままだ。

放っておくとうっすら埃《ほこり》が積もるのを、月に一度か二度、思い出したように払っている。

そのまま触らず置いておいたら、すっかりすべてが琥珀《こはく》色になって、香ばしいスモーキーフレーバーでも立ちのぼらせないものかと、ときどき馬鹿なことを考える。

「あー……また今朝から鼻水だ。なあ、一臣ぃ。二階にある空《から》の段ボールおろしてきて、カロンのやつ、猫よけに店先に閉じ込めておいちゃダメ?」

情けない声で由比がぼやくのへ、きっぱり言い聞かせる。

「ダメ。カラス捕獲《ほかく》するのは法律違反」

「えー、不便だな」

「今日は三つ葉を買ってきた」

「お、偉い。間違えなかったじゃん」

感心感心、とうなずく相手に、波佐間はビニール袋入りの三つ葉を手渡す。

由比が、つみれ汁の味見をする。

「うーん、旨《うま》い！　俺って天才！　この店、人使い荒いわりに雇い主が冷たいから、どっかよそで働こうかなぁ」

「『小菅』にバイト募集の貼り紙があった」

「おまえ、鬼だな」

それじゃ鼻が開きっぱなしの水道みたいになるだろ、と不平を吐きながら、由比は卓上カレンダーに目をやっている。

「今日、水曜か。ユカリちゃん来るの、今夜だよな」

ランチタイムの準備をすっかり終えて、あとは開店を待つばかり。柱時計を見上げて「あ〜あ」と浮かない顔をした。

「ユカリちゃん来て、クルミちゃんも来るかもしれないんだよな。死んだんだって、何となくわかっちゃうかもだよな。大事な家族なら、もう死んでるって気がついちゃうのと、うやむやなまんまなのと、どっちがマシな気分だと思う？　なあ、一臣」

そんなことを訊かれて、波佐間はぶっきらぼうに短い答えを放る。

「さあ」

カウンターの隅には、池谷ユカリに返すつもりの写真が置いてある。

由比が写真を持ち上げる。

そこには、おとなしげな雰囲気《ふんいき》の〝池谷クルミ〟が写っている。わずかにピントのずれたその写真は、一見ごくごく平凡な幸せを写した、どこの家族のアルバムにも貼ってあるような、ありふれた一枚に見えた。

「意外と脆《もろ》いもんなんだよなぁ。どこにでもありそうな幸せって」

相方の感想を聞いて、波佐間は黙って煙草《たばこ》の煙を吐く。

……確かに、そうだ。

由比がこちらを見て、いぶかしげな表情になる。

「何だよ」

「別に何も」

「嘘つけ。なんか思っただろ、いま。何だよ、言えよ」

「……同じようなこと考えるのは珍しい、と思った」

答えると、ティッシュボックスを抱えたまま由比がやけに嬉しそうな顔をした。

その日のランチタイムは珍しく盛況で、七食のつみれ汁定食がすべて売り切れた。

先日の薩摩《さつま》揚げでフードプロセッサを使うのにハマッたらしい由比は、昨夜わざわざ新鮮なイワシを買ってこいと注文をつけてよこした。

二人して朝からイワシを手開きにし、ミンチにした。そこにゴボウとネギのみじん切りと、生姜《しょうが》をたっぷり加えて団子を作った。食材の旨味《うまみ》がしっかり染みだしたつみれ汁に、三つ葉の香りがよく合っていた。

「あ～あ。俺が自分で食いたかった！」

髪を束ねて流しのまえに立ち、空《から》になった鍋《なべ》をゴシゴシ洗いながら由比が溜息をついた。

一服したあと、波佐間もとなりに並んで洗い物をする。

「明日は店、休むから」

「ん？　何、用事？」

「じいさんの月命日」

「ああ、そっか。律儀《りちぎ》だね」

「明後日のランチはどうする？」

「んー、どーすっかなぁ。明日も晴れなら起きられないかもなぁ」

使い古しのスポンジで鍋を洗い、茶碗《ちゃわん》や箸《はし》を洗い、水気を残らず拭き取って調理台をすっかり片づける。

「ひと眠りしてくるわ、俺」

そう言ってふらりと由比が二階に引っ込み『間』のランチタイムは終了する。

波佐間は家には帰らず、看板をいったんおろしたあと店に残って、まずはロードバイクの手入れをした。

クリーナーを吹きつけたクロスで丁寧《ていねい》に全体の汚れを拭《ぬぐ》い、チェーンのゴミは歯ブラシで掻《か》き落とす。パーツの緩《ゆる》みをチェックして、レンチを使って締め直す。

それが終わると、カウンター奥の椅子《いす》に腰をおろして本を読む。カウンターの裏側、客から見えない場所に本棚《ほんだな》が作られていて、そこには亡き祖父の愛読書が並んでいる。

『夏の山野草』『トレッキング・ハンドブック』『地層の基礎』『シングルモルトの魅力』『気象学』『俳句事始め』……適当に開いてパラパラめくるうちに眠気を覚えた。

目を閉じて、うつらうつらするあいだに夢を見た。

可憐《かれん》な山の花を片っ端からカロンがついばむ、琥珀色の夢だ。

……よせよ、カロン。かわいそうだろ。

目が覚めると、おもてがだいぶ暗くなっていた。

明かりをつけないままで煙草を一本くわえるところに、ギシギシ階段を軋《きし》ませて由比が降りてきた。寝足りて、すっきりした顔だ。

「あれ？　おまえ、戻らなかったの？」

「ああ、戻らなかった」

「ははぁ、もしかして落ち着かないんだろ。らしくもなく」

「ああ」

「って、認めるのがいちばん、おまえらしくないよ」

苦笑いで由比が煙草を取り上げに来た。ひょいと器用につまんで持っていき、すう、と一口だけ吸って返してよこす。

「まっずい」

「だったら吸わなきゃいいだろう」

「おまえだって、旨いと思って吸ってるんじゃないくせに」

カウンターの向こう隅に出したパイプ椅子に腰をおろして『スコッチウヰスキー・ディクショナリー』を開いた由比と、あとは言葉も交わさず、ただ過ごす。

六時を過ぎ、七時になる。

午後八時を柱時計が打って、波佐間は看板を出しにおもてへ出た。

カロンが、脚を踏ん張った格好でセメント敷きの道に陣取っていた。

十時すぎに客がひと組入って、さほど長く席を温めもせずに出ていった。四三小路のショットバーの客入りは、ふだんからこんなものだ。

「残業長引いて、来られなくなっちゃったかな。ユカリちゃん」

だったらいいな、と由比がつぶやくのを聞いたとき、デニムのポケットで携帯が震えた。

「波佐間です」

取ると、相手の声より、近所で響く酔っぱらいの調子はずれの歌声のほうが先に聞こえてきた。

『池谷です』

「ああ、はい。『間』です」

『ごめんなさい、仕事が思いのほか長引いてしまって』

チラと時計を見ると、十一時をまわっている。

……このぶんだとキャンセルか。

由比と顔を見合わせて、なんとなく「よかったな」と目配せしたところで、ユカリの声がハキハキと言った。

『実はいま、もう近くなんですけど。そちらへの道がわからなくて』

どうやらツギハギ横丁内で迷ったようだ。

首を横に振って知らせると、由比が「あ〜」ときれいな顔をしかめた。

「わかりました。迎えに出ます。近くの店の名前、教えてもらえますか」

『人形焼き屋さんのそばです。「小菅」っていう』


吹き始めた夜風のなかを野良犬小路まで出ていった。

少し捜すと『小菅』のおもてではなく、裏道の暗がりに彼女の姿はあった。

このあいだと同じグレーのパンツスーツで、窓明かりの消えた洋服屋と赤飯屋のあいだにしゃがみ込んでいた。

居酒屋の赤提灯《あかちょうちん》が、狭い路地を照らしている。

「池谷さん」

低く声をかけると、ハッとして顔を上げた。

「すみません。なんだか迷ってしまって。十五分くらい歩いてみたんですけど、どうしてもお店までたどり着けなかったから」

ふだんから四三小路に入りそびれる客は多い。南側の賑《にぎ》わいからは遠いし、入口もわかりづらい。

とりたてて不思議なことじゃない。

そうユカリに説明してやる手間を、波佐間は省《はぶ》いた。

デニムのポケットに手を入れて、

……しまった。

心のなかで舌打ちした。

「すいません。写真、店に置いてきました」

店に来たら返すつもりで、カウンターに写真を出してあったのだ。それを持ってき忘れた。

「取ってくるんで、ここで待っててください」

「いえ。お店までうかがいます。今夜はお酒、飲むつもりでしたから」

「気を遣わなくてもいいです」

「そんなんじゃありません。飲みたい気分なんです」

とんだ不手際《ふてぎわ》だと由比にボロクソ言われるだろう。ユカリを店まで来させずに追い返すチャンスをふいにした。

仕方ないとあきらめて、先に立って四三小路までの案内をする。

『間』のまえまで来ると、

「あった」

どうして見つからなかったのかしらと、不思議な顔でユカリが店に近づいた。

「カァ！」

戸のまえに踏ん張っていたカロンが横飛びで避けて、鋭くひと声鳴いた。

「カロン、やめろよ」

立ちすくむユカリを庇《かば》って、波佐間は突っかかる様子のカロンを止める。ガラガラと引き戸を開けると、由比が苦笑顔で客を迎えた。

「やあ、ユカリちゃん。いらっしゃい」

ほかに客はない。

「好きな席にどうぞ」

すすめるとユカリは真ん中のスツールに腰かけた。

「スコッチだけしか置いてないけど」

断ると、平気です、とうなずく。

「このあいだ来たときに気がついてました。ウイスキー、好きなんです。いちばん好きなのは焼酎《しょうちゅう》だけど」

「じゃあ、何か飲みたいのがあれば言って。あったら出すから」

「あ。好きって言っても、銘柄《めいがら》を意識するほどじゃなくて。何かおすすめの、水割りでもらえれば。氷も入れてください」

いつもは国産の手頃なお酒ばかりなんです、と肩をすくめるユカリのために、由比が小皿に柿の種を出す。波佐間はそれを受け取り、カウンターにのせる。

「ありがとうございます」

「つまみは柿の種だけ」

小皿をユカリに渡し、ついで預かっていた写真を差し出した。

黙ってそれを持ち上げる彼女の左手の薬指に、指輪が光っている。

「あれっ?」

由比が目ざとく気づいて訊いた。

「左手のって、それ、エンゲージリング?　こないだもしてたっけ」

ユカリが少し寂しそうに「いえ」と首を横に振る。

「ちょうど今日、会社の人たちに正式に報告したばかりで。石が小さくて派手じゃないし、自分に言い聞かせるためにも、つけたままでいようかなと思って」

「へええ、おめでとう。式はいつ?」

「夏なんですけど……」

写真を見つめて、ユカリは言葉を途切れさせた。

波佐間は「おすすめの」というオーダーに従い、目についたボトルをバックバーからおろしてくる。由比のよこしたグラスにロックアイスをカランカランと放り込み、指一本ぶんまで注いだウイスキーにミネラルウォーターをゆっくりと加える。

ウイスキーには飲み方が多くある。

好みや体調、季節、飲むタイミングに合わせて選べばいい。

個性豊かなシングルモルトなら、何も加えないストレートがおすすめだ。産地ごとに異なる色、香り、味わいを、五感を働かせてじっくり愛《いと》おしむ。

氷を入れたオンザロック。

水を加えて作る、水割り、ウイスキーフロート、トワイスアップ。

ソーダ水で割ったハイボールは、味も香りも軽やかに弾ける。気軽な相手と気軽な食事を楽しみながら、グラスを重ねてもかまわない。

寒い冬にはホットウイスキー。

『間』のバックバーに並ぶのは、スコットランド産のウイスキーばかりだ。シングルモルトもあれば、複数をブレンドして親しみやすい味わいを生みだすブレンディッドもある。

飲み方は、うるさいことは言わずに客のオーダーにまかせる。上等のシングルモルトでも、ソーダで割ってほしいと言われれば、そのとおりに出す。

祖父から教えられたり、本を読んで多少は勉強したりもしたが、客にどうこう言うほど詳しくもないいし、そもそもそうした執着を持ち合わせてもいない。

「どうぞ」

「ありがとう」

優しい色、と言ってユカリは、水で薄められた淡い琥珀《こはく》色をしばらく見つめる。コクンと一口飲んで、溜息をついた。

「実は、上司にお祝いだからって誘われて、残業のあとに一軒寄ってきたんです。それで遅くなってしまって」

薬指の指輪を、カウンターに置いた写真に向ける仕草をする。

そうやってクルミに見せたかったのだろうかと、波佐間は思う。

ユカリが、ぽつりと言う。

「いちばん喜んでもらいたいの……クルミでした。いまのわたしがあるのは、クルミのおかげだから」

「仲いいんだ、ほんとに」

由比に言われて、ユカリはうなずき、それからゆるく首を横に振る。

「そう思ってました。でも、ほんとはそうじゃなかったのかも」

「どういう意味？」

訊かれて一瞬口ごもったユカリだが、寂しげに肩をすくめて打ち明けた。

「クルミがいなくなって、自信がなくなったんです。もしかしたら、わたしが思うほどクルミは思ってくれてなかったんじゃないかって。わたしは、自分で思うほどにはクルミを大事にできてなかった、って」

残りのウイスキーを一気に飲み、ユカリは空《から》のグラスを、カタン、と音を立ててカウンターに置いた。

「同じものください。もっと濃いめで」

言われたとおりに作って出す。

二杯めの半分ほどまでをユカリはグイグイと飲んで、ハァ、と熱い息を吐き出した。

「わたし、身寄りがなかったんです」

聞いて、え？　と波佐間と由比は目を見合わせた。

……妹じゃないのか？　池谷クルミは。

「中学生だったとき、事故で両親が他界したんです。残ったのはわたしだけで……親戚《しんせき》とは縁遠かったので、それからは施設で暮らしました。家族を亡くしたショックで、なかなか学校にも馴染《なじ》めなくて。大学にも進学しましたけど、まわりの友だちはみんな、はち切れそうに明るくて、幸せそうで。なんだか自分だけが取り残されたような気分で過ごしてました。そんなとき、クルミが来たんです。彼女も引き取り手がなくて、独りぼっちでした」

懐かしそうに写真を撫《な》でて「そうだったよね、クルミ」と話しかける。

『ひなた園』

写真に写る一軒家に、ふつうの表札がなかったのはそういうわけかと、波佐間は理解する。

「クルミは静かで、いつもマイペースで。だから、なんだかホッとしたんです。わたしだけじゃない、クルミがいる……この子だけが、わたしのことをわかってくれる家族だ、って」

周りに合わせて明るいフリなんかしなくていいのだと、初めて思えた。

ウイスキーを口にしつつそう吐露するユカリは、パンツスーツをすっきりと着こなして、持ち物のカバンには書類が詰まっている。日々、颯爽《さっそう》と仕事をこなしているに違いない。とても鬱々《うつうつ》とした少女時代を過ごしたようには感じられない。

「クルミ……いつも、そばにいてくれた。うるさく声をかけるでもなく、かといって無関心でもなく。あのころ、クルミと一緒にいるのが何より好きでした」

空《から》のグラスをまた、コトン、とカウンターに置いた。

ふう、と溜息をついて、写真を見て、

「どこ行っちゃったのよぉ」

じわ、と涙ぐむ。

「クルミちゃん、誰か好きな相手ができて、そいつのとこに転がり込んでるって可能性は？」

由比に訊かれて、ユカリは「ふふ」と力なく笑う。

「どうだろう。あるかも。だとしたら、いいな」

滲《にじ》んだ涙を指先で拭いて、言った。

「クルミに、謝りたい」

気を取り直すように顔を上げて「同じものください」とオーダーした。

氷を替えて、波佐間は同じウイスキーをグラスに注ぐ。ボトルのラベルにはイラストが描かれている。手に取ったのは、赤飯屋の脇で静かに寝ていたジローのことをなんとなく思い出したからだった。

三杯めをかるがると飲み干したユカリが、フワフワした声色で、

「何ていう名前ですか？　このお酒」

「グレンタレット」

「グレン……？」

「グレンタレット。スコットランドでいちばん古いって言われてる、小さな蒸溜所だよ」

蒸溜所の名前を冠したこのシングルモルトは、穏やかな風味と、香ばしい麦芽《ばくが》の香り、そして美しい金色が特徴のウイスキーだ。

「グ……グレン、タ……すみません、あたし、酔ったみたい」

くん、と空《から》にしたグラスを嗅《か》いだユカリが、いまさらのように「いい匂《にお》い」とろれつのまわらない声でつぶやいた。

小さなあくびに口を開け、そのままゆっくりとカウンターに突っ伏してしまう。たちまち、すうすうと寝息を立てはじめた。

「おいおい、寝ちゃったよ？」

どうするんだよ、と由比が呆《あき》れ顔だ。

「濃すぎたんじゃないの？　水割りが」

「それはない。三杯めはかなり薄く作った」

「つっても、しっかり酔っぱらっちゃってるだろ。この調子で一時まえにパッチリ酔いが覚めて出てくと思うか？」

終電合わせで起こして帰ってもらうしかないだろうと、波佐間は柱時計に目をやった。すでに十二時が近い。

仕方なくカウンターを出て、ユカリの肩を揺さぶった。

「すいません」

ユカリは寝入ったまま動かない。

「お客さん、すいません。池谷さん」

名前を呼ぶと、うっすら目を開けた。

由比もカウンター向こうから声をかける。

「ユカリちゃーん。オオカミ二頭で営業してるバーに、赤ずきんちゃん泊めるわけにはいかないからさぁ」

「……だい、じょぶ。もすこし寝かせて」

「でも終電すぐだよ」

「電車終わっても……こないだみたいに、ファミレス……」

何度か揺り起こして説得を試みたが、ユカリは眠気に負けて椅子《いす》から立とうとしない。

とうとう由比があきらめて言った。

「こりゃあ、いよいよ〝クルミちゃん〟って感じだな」

呼ばれてるんだろ、と。

カウンターに体を預けて眠るユカリの手の下に、池谷クルミの写真がある。「いま行くから待っててね」と言いたげに、陰鬱《いんうつ》な笑みを浮かべている。

他に時間のつぶしようもなくて、店じまいの準備をしながら時が過ぎるのを待った。

由比は覚悟を決めたとみえて、指定席であるカウンター隅に腰をおろし、途中からのんきに本のページをめくりだしている。

波佐間はウイスキーグラスを磨く。

やがて、

「ぼちぼち一時か」

時間だな、と立ち上がった。

ユカリはもう寝息も立てずに深く眠り込んでいる。まるで死んでいるようだ。

「おもて、やってくる。カウンター頼む」

「了ぉ解」

戸口を出ると、カロンが先ほどと変わらず踏ん張っていた。

店の看板を上下逆さまに掛け替える。それが水曜深夜の〝特別営業〟の合図。

由比が硝子《ガラス》ポットのキャンドルに火を灯し、カウンターに一つずつ並べる。

柱時計が一時を打った。

電灯をパチリと消す。

ただでさえ静かな空気がさらに、しん、と静まり返る。

五分が過ぎ、十分が過ぎる。

ユカリは眠ったままピクリとも動かない。

由比はカウンターに頬杖《ほおづえ》の姿勢で一時半まで待ち、波佐間も煙草《たばこ》をくわえず四十分まで我慢した。

……来ない。

「来る気配、ないね」

「ああ」

「ってことは、あっち側には行ってないってことかなぁ」

行方《ゆくえ》不明で、どこかで生きているということかな、と由比がつぶやいた。

波佐間は無性に煙草が欲しくなる。ライターを取ろうとして、ふとグレンタレットのボトルに目をとめた。

ボトルのラベルに描かれた猫の名前は、タウザーという。

ウイスキーの原料となる穀物《こくもつ》を守るため、ネズミ防ぎに飼われたウイスキー・キャットだ。生涯《しょうがい》に三万匹近くのネズミを獲って、ギネスブックにも登録されている。

『小萱』のジローのことを思い出す。

ツギハギ横丁のアイドルも、赤飯屋の脇で深い眠りに落ちているだろうか。彼のゴワゴワと硬い毛を、そういえばさっきユカリが撫《な》でていた。

野良犬小路まで彼女を迎えに出たときだ。ジローのそばにしゃがみ込み、まるい頭を撫でながら、小声で話しかけていた。

『ねえ、キミ。クルミを見なかった?』

くわえた煙草に火をつけようとして波佐間は、はた、と手を止めた。

……まさか?

グレンタレットのラベルを見て、それからユカリの手の下の写真を見る。

椅子を立って、眠るユカリの顔を斜めにのぞき込み、視線を上げて、戸口の向こうで相変わらず踏ん張っているであろうカロンのほうを見た。

それから、由比の顔の真ん中をまじまじと見る。

「わか……った」

つぶやくと、由比が不審顔になった。

「て、何が?」

「カロンだ」

「はぁ？　おまえ、何言ってんの。カロンって何が……うわ!?」

由比を力ずくで押しのけてカウンターの外に出た。

「二階に段ボールあっただろ。あれ、持ってこい」

「段ボール？　いったいどうする気……おい!?」

ガラガラと引き戸を開けておもてに出て、両手を伸ばしてカロンをパッと捕まえた。

「カァ！」

カロンが鋭く鳴く。

「開《あ》けろ」

由比が悠長《ゆうちょう》な足どりで段ボール箱を手に二階から降りてくる。

「一臣ぃ、おまえ、どうしちゃった？」

「いいからとにかく開けろ。〝池谷クルミ〟は、たぶん来てる。姿をあらわさない理由は、こいつだ」

そうだ。きっとカロンのせい。

「え？　どういうこと？　〝こいつ〟って、カロン？」

段ボール箱にカロンを入れる。バタバタ暴れるのをなだめすかして、きっちり閉じ込めた。

「このまま二階に上げとく」

「あのさぁ、おまえ、カラスの捕獲《ほかく》は法律違反とかなんとか言ってなかったっけ?」

由比の文句には取り合わず、いったん戸口まで引き返して、ほんの10センチほどだけ戸の隙間《すきま》を開けた。

とたんに由比が眉根《まゆね》を寄せた。

「おい……鼻がムズムズする。カロンを二階に上げちゃったら、俺が死ぬ目に遭《あ》うの、わかってただろ? どうせ置くなら、あの箱、おもてに置くべき……」

「しばらく我慢しろ」

「できるか! 労災だ。給料、三倍よこせ。じゃないと俺は明日にでも訴え……え?」

鼻をつまみながら抗議しかけた由比が、目をまるくして息を呑《の》んだ。

「ええ!?」

戸口を見て、波佐間のほうを見て、最後に寝入ったままのユカリを見る。

深夜の四三小路に面して開かれた戸口の隙間を、しなやかに抜けてくる白い影がある。

するり、と音もさせずに店のなかへと入ってきた。

「ね……こ?」

あらわれたのは、猫だ。

ほっそりとした体つきの白い猫。脚も尻尾《しっぽ》も、優雅に長い。

由比が慌てて、カウンターごしに写真をのぞき込む。それからふり返って波佐間のほうを見て、

「あは、は。もしかして?」

波佐間は無言でうなずいた。

池谷クルミは、人間ではない。猫なのだ。

由比がもう一度カウンターに乗り出し、ユカリの顔と写真に写る女性の顔とを見比べた。

「ええと、ってことは?」

「写真に写ってるのは、たぶん彼女本人だ。彼女が抱いてるのが〝池谷クルミ〟」

気弱そうな微笑を浮かべ、見せかけの幸福のなかにたたずんでいるのは、過去の池谷ユカリ。髪型と雰囲気《ふんいき》がまるで変わっていたので気づかなかった。よくよく見比べてみれば、目鼻のととのった小ぎれいな顔だちはそのままだ。

写真に写るユカリの細い腕が、白い猫を一匹抱いている。

慌ててティッシュボックスに手をのばす由比が、ひたひた近づいてくる小さな客に向かって、半笑いで挨拶《あいさつ》をした。

「やあ、いらっしゃい。『間』へようこそ、池谷クルミさん」

歓迎の最後に、くしゃん、とクシャミが加わった。

白猫のクルミが、ユカリのとなりのスツールに、ひょい、と乗る。背筋を伸ばし、まるで「こんばんは」と言うように琥珀《こはく》色の瞳でこちらを見る。

波佐間もぶっきらぼうに声をかける。

「いらっしゃい」

オールドファッショングラスを手にとりかけてやめて、柿の種用の小皿を由比に向かって差し出した。

「こっちのほうが飲みやすい」

由比が小皿にミネラルウォーターを少しだけ注ぎ、クシャミを堪える顔で、そっと客のまえに置く。

白猫のクルミがほそい前脚をカウンターにのせ、伸び上がって器用に小皿の水をピチャピチャと舐《な》めた。

二階からは、しきりに段ボール箱をつつくカロンの抵抗の気配が伝わってくる。日頃から『小萱』のジローを目の敵《かたき》にしていた〝猫嫌い〟のカロンだ。いかに『間』の客であろうとも、クルミを招き入れたくなかったに違いない。そういえばユカリが初めて店を訪れたときから、態度が妙だった。

加えて、由比のアレルギー。

ジローが寝ついてからも、鼻水が止まらないと嘆《なげ》く日があった。もしかしたらあれは、ユカリに会おうと『間』に近づくクルミに反応していたのではないか。

クルミはひとしきり小皿の水を舐めると、今度は、ひょい、とカウンターに飛び上がる。寝ているユカリのそばにすり寄り、彼女の額をペロリと舐めた。

「んん……冷たい」

波佐間と由比がどんなに声をかけても起きようとしなかったユカリが、ふと目を覚ます。薄くまぶたを開き、視線を上げた。

「あれぇ？」

不思議そうに見て、ふにゃふにゃした声で言う。

「あたし、酔ってる？　これって夢かな？　クルミぃ」

会いたかったよぉ、と甘え声だ。重たげに体を起こし、手を上げて、ぎくしゃくと撫でる仕草をした。

「すごく捜したよ。もう会えないいんじゃないかと思った」

グスンと言って、泣き声で訴える。

「寂しかったよ、クルミ。ちゃんとお礼が言いたかったたし、クルミにいちばん喜んでほしかった。あたし、成人して〝ひなた園〟を出たあと、クルミに会いに行かなかったよね？　あんなにいつも一緒にいたのに、いつの間にかクルミのことほったらかしにして、自分のことばっかりになっちゃった。結婚の報告しに園に行ったとき、急にいなくなったんだって聞いて、これは罰だって思ったよ。クルミのこと置き去りにしたから、今度はクルミがあたしのことを置いてった……」

抱き締めようと腕を伸ばし、けれど、うまくいかない。スツールから落ちそうになりながら、ユカリはなおも語りかける。

「クルミのことが、大好き」

ニャア、と猫が鳴くのが、波佐間と由比にははっきり聞こえた。

「あ、待って……」

抱きかかえようとする腕を、クルミは、する、とくぐりぬける。ユカリの手は宙を泳ぎ、力なくカウンターの上に落ちる。その左手の薬指を、ピンク色の舌先でクルミがペロリと優しく舐めた。

「クルミ」

舐められた指輪を見おろし、ユカリが目をほそめた。

「ありがと。ありがとね」

ありがとうと繰り返しながら、幼い少女のように声を上げて泣きだした。

もう一度、ニャアと鳴いて〝池谷クルミ〟はカウンターからスツールへと乗り移る。そこから音を立てずに地面に降りた。

「行っちゃうの？　行かないで？」

ユカリはスツールを降りて追いかけようとするが、酔いと眠気で体が言うことを聞かない。かくんと膝から力が抜けて、へなへなとその場にへたり込んだ。

「っくしゃん！」

由比が大きなクシャミをひとつする。

波佐間はカウンターを出て、ユカリを助け起こしにいく。

ひたひた歩んだ白猫は、戸口のまえでチラとこちらをふり返り、ちょっと会釈《えしゃく》をするようだ。そのまま戸の隙間を抜けて、真夜中すぎの四三小路へと出ていった。

「クルミぃ……」

苦労してスツールに座り直させると、ユカリはまたすぐにカウンターに突っ伏した。吸い込まれるように、たちまち寝息を立てはじめる。

開いたままの戸口の隙間から、冷えた静けさが忍び込んできた。

波佐間は煙草《たばこ》に火をつけ、カロンを解放するタイミングを考える。

由比が文句を吐き吐き、次々とティッシュを引っ張りだしている。

「なんだ、猫かよ。くっそ。むしろ俺を二階に上げてくれ！」

グレンタレットのボトルが、キャンドルの灯りを映して輝いている。

ラベルに描かれた猫の瞳が、夜の奥をじっと見つめている。

7

翌朝。

「夢、見たんです」

クルミの夢を見たと、ユカリが言った。

寝足りた顔でパチリと目を覚ましたのは、明け方が近くなってから。すっきり背筋を伸ばし、スツールに座り直そうとして、肩にかけられた波佐間のパーカに気づき、

「すみません。ご迷惑おかけしました」

まずはハキハキとそう謝った。

「すごくはっきりした夢でした。そこの戸から、クルミが入ってきて。元気そうで、ちっとも変わってなくて。わたしのリング、舐《な》めてくれました。まるで〝良かったね、おめでとう〟って、祝福してくれるみたいに」

それが夢だったと信じて疑う様子のないユカリをまえに、波佐間と由比は黙って彼女の

話を聞いた。

「そろそろ始発の時間だ」

あくびを嚙《か》み殺して、波佐間は椅子《いす》から立ち上がった。

眠たそうな顔の由比に留守番をまかせて、ユカリを送って駅までの最短距離を歩く。

ロータリーを渡る手前でユカリが「もう大丈夫です」と笑顔で言った。

「来て、よかったです」

「そう」

「はい。クルミの夢が見られましたから。考えてみたら、クルミが夢に出てきてくれたこと、いままで一度もなかったんです。夢に誰かが出てくるのって、相手が自分のこと想ってくれてる証拠だって、何かで読んだことがあります。だから」

ほんの一瞬だけ眉根《まゆね》を寄せて、そのあと笑顔に戻ってユカリは言った。

「どこかで生きててくれるのか、それとも違うのか、とか。わたしのこと好きでいてくれたのかどうか、とか。いろいろ考えないことにしました。わたしはクルミが好き。それだけでいい、って」

「……」

「あっ、やだ。そういえば、わたし、お勘定《かんじょう》まででしたよね？　ごめんなさい。さんざんご迷惑かけといて……ええと、おいくらですか？」

あたふたとバッグを開くユカリに、波佐間は彼女が飲んだぶんプラス一杯の料金を請求する。

「二千円に、つまみ代三〇〇円で、二三〇〇円」

「はい。ええと、五千円からでお釣りありますか？」

「……細かいのがないから、二千円にしときます。三〇〇円は、池谷クルミさんのおごり、ってことで」

ぶっきらぼうに言って、千円札三枚を差し出した。

信号が青になって、池谷ユカリは慌ただしくおじぎをすると、足早に去っていく。

いったいこんな朝早くからどこへ行こうというのか、他にも駅に向かう人影がいくつもある。彼らとは逆方向に足を運んで、波佐間はツギハギ横丁へと引き返す。

そこにはまだ真夜中の名残《なごり》が、遠い過去といっしょくたになって、息を潜めてわだかまっている。

舗装《ほそう》の行き届いた野良犬小路へと入りかけて、ふと気が変わり、一本裏手に踏み込んだ。

……静かだ。

ブラブラ行くうち忘れていた記憶が蘇《よみがえ》った。

幼稚園に通っていたときのこと。ある日、由比が子猫を拾ってきた。

空色のセーラーカラーを揺らしながら駆けてきて、鼻水を拭き拭き、舌足らずな声で言った。

『オミくん、一緒にネコ飼おう』

大きな目をキラキラ輝かせていた。

幼稚園の裏手にはユスラウメの木があった。

古い物置とその木のあいだに空き箱を持ち込み、なかにそっと子猫を隠した。チィチィと頼りなく鳴いていた。けれど、やがて先生に見つかり、親が呼び出され、由比と二人してこっぴどく叱《しか》られたのだった。

……あんなに叱られた理由、考えたことがなかったな。

うっすら思い出されるのは、興奮して涙を流す先生の顔と、ひたすら謝る母親の声。

自分は黙りこくり、由比は声を放って泣いていた。あれ以来、ユスラウメの木が怖くなった。

過去は琥珀《こはく》色で、無慈悲《むじひ》だ。

帰れないし、やり直せない。犯した過ちを取り消すことはできない。

なのに、夜の冷気が漂うこの小路のどこかで、幼いころの自分と由比が、性懲《しょうこ》りもなく隠《かく》れ鬼《おに》をしているような気がする。

と、

「忘れたな」

別れ際、ユカリに声をかけ忘れたと、唐突《とうとつ》に思ったときだ。

赤飯屋のまえまで、あとほんの数メートルのところ。薄暗いなかに、逆さまに置かれたコンテナと座布団が見えている。しん、と冷え切って動かない気配を感じ、何が起きたかを悟って、波佐間は立ち尽くした。

ニャア、と。

ふいに、どこからか声が聞こえた気がして、視線をゆっくりとコンテナから逸《そ》らした。店仕舞《みせじま》いの挨拶状《あいさつじょう》が貼り付けられた灰色のシャッターの向こう。ちかぢか新しい雑貨屋が開店するという角の細道に、すいっ、すいっ、と入り込んでいく影がある。

ひた、と足を止めて、こちらをふり返る。

先を行くのは白い細身《ほそみ》で、あとからゆったりついていくのは、まるまる太った茶トラだ。目を瞠《みは》って彼らを眺め、それから波佐間は胸のなかでつぶやいた。

……なんだ、そういうことか。

二匹は連れ立って道の奥へと消えていく。

すっかり見送ってしまってから、またしても〝お幸せに〟を言いそびれたことに気がついた。

朝の気配に追われて四三小路へ戻る。

角を曲がろうとしたところで、ふいに目のまえを小柄な女に遮《さえぎ》られた。

どぎついピンク色の、フリル付きエプロンを腰に巻いた『ラッキー薬局』の店主が、箒《ほうき》を手に、あたりの掃除《そうじ》をするようだ。この老女の全身をしっかりと目撃したのは、おそらく初めてだ。

驚きを呑《の》み込んだあとに、波佐間は無愛想に挨拶する。

「おはようございます」

すると、向こうも皺《しわ》だらけの顔を歪めて、初めてしっかりこちらを見た。

「ほええ。じいさん似のイケメン！」

ニヤリと笑うやいなや、すばやく薬局のなかへ飛び込んだ。

ガラガラッとシャッターが引き下ろされ、ぴしゃりと閉まる。

なんとなくあっけにとられて、そのまま数秒棒立ちになる。

あとからゆっくり得体の知れない可笑《おか》しさが込み上げた。

『間』に戻ると、店のまえにカロンが仁王立《におうだ》ちで待ち構えていた。すこぶる機嫌が悪いのが、黙っていてもわかる。

「怒るなよ、カロン」

ウイスキーに猫は付きものなんだと、無口だった祖父が教えてくれた。

蒸溜所を荒らすネズミを捕るんだ。

グレンタレットのラベルの猫もそうだ。

8

ランチの仕込みに手を動かしながらふと〝身勝手な賭《か》け〟のことを思い出したのは、数日のちの曇り空の午前のこと。

『もし思い出したら、そのときは……』

思い出せないのが〝勝ち〟で、思い出したら〝負け〟。

気安く手放せないものを賭けたのだったと舌打ちしながら、波佐間は樽《たる》のなかで眠るウイスキーの色を想像した。

幼い日の自分と由比が犯した、無邪気で重い罪。

蘇《よみがえ》るはずがないと高をくくっていた記憶が、横丁の薄暗闇からひょっこり姿をあらわした。

『もし思い出したら、そのときは『間』を閉めて、終わりにしよう』

あやふやで心地いい、このツギハギ横丁での時間。けれど、樽に眠るウイスキーと同じだ。夜に終わりがあるように必ず目醒《めざ》めの時は訪れる。

ゆらゆらと浸る都合のいい夢に終止符《しゅうしふ》を打とう。

明るい陽の下に出て、手放すべきものをはっきりと見よう。

しかしそれは、とりもなおさず由比との別れを意味する。

……まだだ。だけど、きっといつかは。

誰にも告げていないのをいいことに、思い出のなかのユスラウメの根もとにそっと〝負け〟を葬《ほうむ》った。

くわえ煙草《たばこ》で、となりの由比に向かって言ってみた。

「猫でも飼うかな」

明るい茶色の髪を揺らして由比が笑った。

「そんなことしたら、カロンも俺もソッコーで家出するよ?」

「だろうな」

「すでに飼ってるようなもんだろ。でかいの一匹」

言われて、一瞬、ジャガイモの皮を剝《む》く手を止めた。

バックバーにずらりと並ぶウイスキーボトルの手前に、スタイルのいい幼馴染《おさななじ》みの姿が今朝はくっきりと確かだ。

「……ああ。だったら、しつけないとな」

由比のアレルギーは、あの晩以来、ぴたりと治まっている。

六代目ジローは乳離れしたばかりの子猫だそうだ。四三小路が彼の散歩コースに入るまでには、いくぶん間《ま》があるに違いない。

聖なる場所

【LONGMORN】

LAST
ORDER
Lost memories
come to that bar.

1

ガシャン、と音を立てて鍋《なべ》が放りだされた。

だるそうにシンクまえに立つ由比《ゆい》が、きれいな顔を不満に歪めている。

「なんだよ。そんなに俺って必要ないかよ」

「無理してフラフラされても気になるって言ってるだけ」

「ああそう！　じゃ百歩譲《ゆず》って、それが思いやりだとしてね。そういう言い方されて〝ありがとう〟が言えるやつ、いると思うなよ」

「いないならいないで別にいい」

「よくない！　伝わりやすい日本語ってあるだろ？　〝大事にしろよ〟とか〝ゆっくり休んで早く治せ〟とか。具合悪ぃ相手に向かって言葉選ぶのも友情のうちだって思わない？」

「……面倒なのは好きじゃない」

「おまえね、一臣《かずおみ》。〝他人なんていりません〟って顔すんの、いい加減やめろよ。でないと友だちなくすよ」

久々のケンカのきっかけは、ささいなことだ。冴えない顔色であらわれた由比に向かって「手伝いはいらないから引っ込んでろ」と、ぶっきらぼうに声をかけた。

低調子で機嫌がよくないところに、どうやらその言い方がひどくカチンときたらしい。つまらない売り言葉に買い言葉で、簡単に話がこじれるのは珍しいことじゃない。

「なくすほど友だちいるわけじゃないから、特に改善の必要も感じない」

「じゃなくて、俺までいなくなっちゃうよって言ってんの。イヤなら、たまにはニッコリ笑って素直に感謝してみろよ」

悠長《ゆうちょう》に煙草を吸ったのが余計に頭に来たらしい。由比はとうとうカウンターから飛び出し、ドカドカ足音を立てて戸口に向かった。

「ああ、そうだった！　おまえがかわいげないのは幼稚園のときからだよ！　ときどき自分でも、どうしておまえの友だちやってんのかわかんなくなるぜ。くっそ！　今日こそやめてやるっ、こんな店！」

建て付けの悪い引き戸に手をかけ、ガラッと思い切りよく開けて出ていこうとする由比を、波佐間《はざま》はすかさず横から遮《さえぎ》った。

「俺が出ていく」

「って、一臣？　おまえ店は」

「臨時休業」

「はぁ!?」

勝手だ！　と、ますますいきり立つ相手をその場に残し、狭苦しい路地へと踏み出した。

通勤に使っているロードバイクは店のなか。取りに戻ると由比にうるさく嚙《か》みつかれそうなので、今日と明日の朝とは歩くことにした。

「運動不足解消にちょうどいい」

看板鳥のカロンの姿は見えない。

後ろ手にぴしゃりと戸を閉めながら仰《あお》ぎ見る空が、夏のはじめにしては濃い青色だった。

……あのときの空に似てる。

ランチ用にそろえておいた食材は、一日二日ならもつだろう。明日にまわしても問題ないなと考えながら、いつもはバイクを押していくアーケード街をゆっくりと徒歩で抜けた。

由比とは、たまにケンカをする。

ケンカといっても、たいてい今朝のように一方的に相手が機嫌を損《そこ》ね、ひとりで怒って、ひとりで機嫌を直して、またもとどおりというパターンだ。高校を卒業するまでは言い争ったこともなかったが、進学先の分かれた大学時代になってから、年に一度か二度のペースでそういう〝痴話《ちわ》ゲンカ〟が繰り返された。

……どうせ明日には機嫌が直ってる。

なんのことはない。いつものことだ。小学生レベルの他愛《たわい》もない諍《いさか》いだ。

煙草がなくて寂しい口もとに指をやりながら、急がない足どりで商店街を過ぎた。

銀行や百貨店が建ち並ぶバス通りを横切り、流行《はや》りの雑貨店やらレストランが並ぶ道筋を抜けると、そこから先は駅前の喧噪《けんそう》がまるで嘘のように感じられる閑静《かんせい》な住宅街。

保育園と女子校の向こうに、祖父の遺《のこ》した家がある。

深緑色のツタに彩られた木造家屋……波佐間宅に限らず、この街にはところどころにそうした古い家が残っている。

警備会社のシール付きの新築もあれば、築年数の経ったマンションや、むかしからの地元民が変わらず暮らす一軒家も多い。その雑然とした風情が、この場所が〝住んでみたい街〟に選ばれる要因なのだろうと、波佐間は感じている。

チャリ、とデニムのポケットから鍵《かぎ》を取り出す。

そろそろ見えてきた古めかしい門扉《もんぴ》に目をやって「おや？」と目を瞠《みは》った。

……客？

狭い敷地は灰色のブロック塀《べい》に囲まれていて、道に面した南側には小さな庭がある。祖父が存命だったころには、庭木や鉢植《はちう》えの高山植物の手入れもまずまず行き届いていた。

玄関先の錆《さ》びた門扉は、その時分から開けるのに少々力がいった。

ＨＡＺＡＭＡとローマ字書きの表札のまえに、男が一人立っていた。

「何か用ですか」

声をかけると相手がふり向いた。

七十歳くらいだろうか。他界した祖父と同じ年ごろに見えた。

「波佐間さん？」

「はい。波佐間です」

「波佐間次彦《つぎひこ》さんのご家族？」

「孫です」

「おじいさん、いるかな。俺は北方《きたかた》ってもんだけど」

「祖父は亡くなりました」

「いつ？」

「去年」

北方と名乗った男が、あっけにとられた顔で黙り込んだ。

……どうして〝亡くなりました〟じゃなくて〝去年〟のところで黙るんだ？

不思議に思いながら、波佐間は錆びた門扉に、ぐ、と手をかける。

「あの、よかったら」

「ああ、ありがとう。それじゃあ」

遠慮《えんりょ》されるかと思いきや、客は上がらせてもらうと当たり前のように言った。

……しまったな。

だから無愛想のほうがいいんじゃないかと、店に置いてきた相方に向かって胸のなかで八つ当たりしてみる。鍵をあけて玄関を入り、小さな仏壇《ぶつだん》の置かれた和室に客を案内した。

小腰を屈めて、北方という老人は部屋に入った。

「ああ、写真がある。見せてもらうよ。へぇ、年とったもんだ」

仏壇に置かれた写真立てに手を伸ばし、そう言ったあとに北方は自分の頭髪を撫《な》でた。灰色の髪がだいぶ少なくなっている。

「じいさんとは、むかしのバーテン仲間でね。修業しはじめのころ……もう五十年もむかしだけど、最初の店で一緒だった。店を辞めてからも、年に一度か二度ハガキをもらってたんで、ここの住所を知っていて。自分のバーを始めたんだって聞いてたが」

訊きもしないのにしゃべって、仏壇のまえで手を合わせた。

　無口で人づきあいが不得意だった祖父に、北方のような昔馴染《なじ》みがいたというのが意外で、チラと波佐間はそのひとの写真に目を向けた。

「すいません、線香とかないもんで」

「いいさ。じいさん、なかなか洒落者《しゃれもの》だったろう」

「さあ。一緒に暮らしたのは一年くらいでしたから」

「髪を小ぎれいに撫でつけて、いつもシャキッと白いシャツにベストを着てた」

「シャツに、ベストですか」

「ああ。無愛想なくせにやけに見込まれて、師匠《ししょう》からおさがりのベストをもらったんだよ。俺を含めて弟子連中のやっかみの的《まと》だった」

　ひとしきり写真を眺めたあとに、北方はもの珍しそうに部屋のなかを見まわした。

「息子がいただろう。あんたの父親か」

「はい。けど、父は別に住んでます。ここはいまは俺だけです」

「長患《ながわずら》いだったの？」

「寝ついたのは二、三ヶ月で。最期《さいご》は、まあ穏やかでした」

「そうか。こう言っちゃなんだが、よかった。ある程度トシがいくと、穏やかならよかったと思えるもんさ。で、店は？」

「小さなショットバーです。『間《ハザマ》』っていう、スコッチしか置いてない。いまは俺がやってます」

「そう。じゃあ、近いうちに寄らせてもらうよ」

腰を叩き叩き立ち上がりながら「場所は？」と北方が言った。

「四三小路《よみこうじ》ってとこです。駅北口前にツギハギ横丁っていう場所があって、ゴミゴミした奥のほうだから見つかりにくいかもしれません」

「大丈夫さ。昔馴染みのよしみで、きっとじいさんが呼んでくれる」

〝じいさんが呼んでくれる〟

言われて波佐間は一瞬、黙り込む。

2

カウンター隅から二階に向かって声をかけたが、シンと静まり返った暗がりの向こうから返事は聞こえてこなかった。

「由比」

「……」

「腹だして寝ると風邪《かぜ》ひくから、布団かけろよ」

小うるさい〝シェフ〟が不在なのでランチは定番の豚汁だなと決めて、冷蔵庫から材料を引っ張りだそうとしたときである。

ガラガラと店の入口を開けて、営業時間外にもかかわらず客が飛び込んできた。

「こんにちはー」

聞き覚えのある声に、波佐間は小さく舌打ちする。

「まだ〝おはよう〟っていう時間帯だけど」

不機嫌をそのまま声にしたような返事を無視して、ランチタイムの常連客であるリノが、ずかずかとカウンターまえまでやって来た。

つま先立ちで伸び上がり、店内に波佐間ひとりなのを確かめると、

「由比さんっていますか？　由比さぁん、リノでーす！　会いに来ちゃいましたぁ。ちょっと聞いてほしいコトあってぇ」

すすめもしないうちからリノは七つあるスツールのうちの真ん中に陣取り、低い天井を仰《あお》ぐようにして声を上げる。

「ゆーいーさーん」

「由比は今日、休み」

つっけんどんに波佐間は教えた。

「えっ、休み？　いないいんですか!?」

「そう」

「こんな朝早くから？」

「そう」

〝意中の相手〟が不調で寝込んでいると知ろうものなら、リノはたちまち二階に向かって突進しかねない。波佐間はさらりと嘘をついた。

「釣りに出かけてる」

「えー、山登りの他にも釣りが趣味だなんて聞いてません。いないなんて由比さんのバカー。じゃ、こっそり由比さんの部屋、見てもいいですか？」

「いいよって言うと思う？　俺が」

「思いません。でも、あたしが素直に〝はーい、あきらめます〟って言うと思いますか？」

「……出てってくれる？」

にっこり笑って「やでーす」とふざけるリノを軽く睨《にら》み、波佐間はカウンターを出ると、無言で彼女のほそい腕をつかんで引っ張る。

「やっ、痛い！　ひどい、あたし客なのに」

「開店前に無断で侵入するのは、客じゃなくて不審者」

さほど強い力で引っ張ったわけではない。けれど、リノは店から追い出されると、仁王《におう》立《だ》ちになって大げさに憤慨《ふんがい》した。

「それじゃあ、店から出た波佐間さんは『間』のオーナーじゃなくって、ただの人ですよね！　乱暴したお詫《わ》びに、つき合ってください」

有無を言わさずグイッとこちらの腕をつかまえたリノは、力まかせにギュウギュウと引っ張る。

嫌々歩きだすハメになった波佐間は、しかめ面《つら》で、

「鍵、かけてないいんだけど」

「だいじょぶです。すぐそこですから」

ぐんぐん歩いて四三小路を出て、無理やり連れて行かれた先はアーケード街にあるラーメン屋だった。

「一杯つき合ってください」

「とんこつ、は昼前から重いね」

「醤油《しょうゆ》もあります。あんまりおすすめじゃないけど」

のれんに大きく〝とんこつ〟と染め抜かれた店の入口を入って、リノは手早く券売機のボタンを押す。

……由比をデートに誘いだすつもりだったわけか。

むくれたままのリノの横顔をチラと見て、波佐間はなるほどと思った。

仕方なく財布《さいふ》から小銭を出して、醤油ラーメンのボタンを押す。リノが座ったカウンター席の隅まで歩いていって、少し椅子《いす》を離してとなりに腰かけた。

すぐに運ばれてきた〝特濃とんこつ〟を、リノは無言で手を合わせてから女子とは思え

ない勢いですすりだす。

「よく食べるね」

「褒《ほ》めてくれてありがとーございます！　ちなみにこれって今日になって三回目の食事です。食欲増すタイプなんです、あたし、ケンカすると」

「ああそう」

「聞いてくれないんで勝手に言いますけど、いまケンカ真っ最中です、優花《ゆうか》と！」

「……へえ」

ランチタイムの常連のもう一人の女子大生の顔を思い浮かべて、波佐間は無感動に返事をした。

そもそもリノが『間』を訪れたのは、優花に連れられてだった。

優花は恋人と二人でやって来ることもあったが、リノが店を訪れるときはつねに優花が一緒で、二人はいかにも仲のいい女友だちらしく、まるで子猫がじゃれ合うようにいつも楽しげにはしゃいでいる。

リノがひとりで来たのは、今日が初めてだ。てっきり由比狙いだろうと思いきや、どうやら突進の理由はほかにもあったらしい。

……グチを聞いてもらいたくて来たのか。

悪いクジを引いたなと後悔しつつ、波佐間は醤油ラーメンの湯気を吹いた。

またたく間に〝特濃〟をたいらげてしまったリノが、水をがぶ飲みするあいまに不機嫌な声で打ち明ける。

「優花ってば、最近いっつも〝麦人《むぎと》くん、麦人くん〟なんです。あたしと先に約束してても、あとからカレシに呼ばれると簡単に『ゴメン』て言ってキャンセル入れるんです。いくらこっちが『いいよ。行ってあげなよ』って言ったんだとしても、行かないのがフツーだと思いません？　どー思います？」

「ああ。確かにちょっと薄いね、このスープ」

「スープはどーでもいーです。優花の態度がひどいって話です」

「『行ってあげなよ』って一度言ったんなら、あとから怒るのは反則だと俺は思うけど」

「それって男のひとの考えです！　女子はそういうとこ、ちゃんとわかって遠慮《えんりょ》してくれて当然です！」

「だったら男にグチってても仕方ないけどね」

「あー、やっぱり由比さんに聞いてもらうんだった！」

空《から》になったコップに勢いよくおかわりの水を注いで、リノは勢い余ってテーブルを濡らした。

波佐間は黙って布巾をリノのほうに押しやる。

こぼした水をゴシゴシ拭きながら、リノがふくれっ面《つら》をさらにふくらませたようだ。同じように見える女子大生で、仲のいい友だち同士でも、優花とリノはタイプが違うらしい。

パッと見ふたりとも快活で明るい性格だが、優花は思ったことを胸にためるほうで、リノはその逆。リノの次から次へと口から言葉が飛び出すところは、もしも由比が女性だったらこんな感じだろうかと思わせる。

外見も、優花が少し〝お嬢さん風〟なのに対して、リノはもっぱらデニム穿《ば》き。足もとは華奢《きゃしゃ》なサンダルだが、メンズものらしいTシャツを着て、明るめの茶色に染めた髪をラーメンのために無造作《むぞうさ》に結んでいた。

勝ち気そうな瞳でこちらをチラッと見て、

「波佐間さんて、意外とモテるでしょ」

怒った声でぼそっと言う。

「……どうだろうね」

「いままでにつき合った人数、五人以下じゃないでしょ」

「ああ、そうかな」

「けど長続きしないでしょ、全然」

「まあ、そうだね、確かに」

「いままでで長続きしてる相手って、由比さんだけでしょ」

「由比はカノジョじゃないけどね」

「もしかしてですけど、波佐間さんて、ゲイ？」

いきなり訊かれて、さすがに顔を上げてまじまじととなりのリノの顔を見た。

キラリと挑戦的に目を輝かせて、リノが言う。

「だとしても負けませんから、あたし！」

プイッとそっぽを向くと「ごちそーさまでした」と行儀《ぎょうぎ》よくまた手を合わせ、

「どーして由比さんみたいにハイスペックなひとが、波佐間さんみたくテンション上がらないひとの友だちなんだか、全っ然わかりません！」

どことなくスッキリしたように悪口を吐くと、こちらが食べ終わるのを待たずに、さっさと先に立ち上がった。

「おいしかったでーす。また来まーす」

店員に向かって過剰《かじょう》なくらいの愛想を振りまくと、波佐間に向かっては「フン！」と言って、のれんをはね上げ飛び出していく。

また来るのはラーメン屋だけにしてほしいと思いながら、波佐間も自分の丼《どんぶり》を空《から》にした。

……由比が俺の友だちでいる理由、か。

のれんをくぐってツギハギ横丁に引き返しながら、高校時代のある日のことを思い出した。

確か、いまくらいの季節だった。

校舎裏手のコンクリートの階段に、由比のクラスメートが三、四人集まって、菓子をポリポリやりながら話していた。

『なあ、不思議じゃね？　なんで由比って波佐間にくっついてるんだと思う？　あいつ、クラス違うし、全然面白くねーのに』

『あー、それ。俺、訊いたことある。由比に、どーして？　って』

『へえ。何でだって？』

あの夏は暑くて、早い蟬《せみ》がもう鳴きはじめていた。

3

翌日は雨。

「じいさんの知り合いが家に来た？　へえー」

由比は朝から機嫌上々。テンポよく野菜を切りながら、興味津々《しんしん》で波佐間の話に耳を傾けている。

「おまえのじいさんって、おまえにソックリだっていう変わり者だよな？」

「〝ソックリの変わり者〟って、人聞き悪い」

「だって自分で、よく似てるって言ってただろ？　無口なとことか、他人がめんどくさいところとか。けど、年取ってからわざわざ自宅まで訪ねてくるような友だちがいたんなら、おまえより人づきあいマシだったたってことだよな」

豚汁の仕込みを手早くこなす由比は、一昨日の〝痴話《ちわ》ゲンカ〟のことなど、きれいさっぱり忘れた顔色だ。煮干しでとった出汁《だし》をレードルにすくい上げて味を確認しつつ、無駄話を楽しんでいる。

「バーテンって、弟子入りしてなるもんなのか」

「むかしの話だろ。いまはどうだか」

「棚《たな》の端っこに写真あるよな。じゃああれが、じいさんの〝師匠《ししょう》〟?」

「そうだろ。たぶん」

由比に言われて、波佐間はウイスキーボトルの並ぶバックバーの隅に置かれた写真立てへと目を向ける。

だいぶ古い写真だ。

登山が趣味だった祖父は、店内の壁やバックバーにいくつか写真を飾っていたが、山の景色ばかりのなか、その一枚だけがポートレートだ。蝶《ちょう》ネクタイにベスト……時代がかった服装の老バーテンダーが、愛想のいい微笑《ほほえ》みを浮かべていた。

由比の言うとおり、彼が北方と祖父にとっての〝師匠〟なのだろう。おさがりのベストとやらを祖父はもらい受けたという。

由比がしみじみ言った。

「そういや、じいさんのこと聞かないうちは、不思議に思ってたんだよな。一臣ん家《ち》、親は二人ともあんなに賑《にぎ》やかなのに、なんでおまえだけ?　って。隔世遺伝《かくせいいでん》だったんだな、無愛想ＤＮＡ」

「おまえがうちに遊びに来ると音量マックスで、俺は鼓膜《こまく》がどうにかなりそうだったっけね」

「そうそう。おまえのまわりだけシィーンって無音状態なの。おふくろさんが背中バンバン叩いて『やーね、一臣ったら壊れちゃったの？　スイッチどこ？』ってケラケラ笑って」

「俺はむしろ、あのひとの消音スイッチがどこだか知りたかったけど」

ウエーブがかった髪を揺らして気持ちよさそうに笑う由比の、中学時代の制服姿をチラリと思い浮かべた。幼稚園でさんざん母親連中にもてはやされた〝天使のような由比くん〟は、中学生になると近所の女子校にファンクラブができるほどの〝美少年〟に成長した。

中学入学と同時に両親ともが海外赴任《ふにん》したので、由比は駅直結の家族向けマンションに独り暮らしになって、たぶん寂しかったのだろう、幼馴染《おさなな じ》みだった波佐間の実家によく遊びに押しかけた。波佐間の両親も、愛嬌《あいきょう》たっぷりの由比の訪問を歓迎した。逆に由比が、学校帰りの波佐間を半ば無理やり自分の部屋に引き入れることも、しょっちゅうだった。

由比に〝隔世遺伝〟と笑われたとおり、波佐間の父と母は、よく笑い、よくしゃべる質《たち》だった。

『まるで由比くんのほうが、うちの息子みたい。一臣ぃ、あんた、ちょっと分けてもらいなさいよ、由比くんのかわいいとこ』

『由比くん由比くん、今度の試合、一緒に観にいこう。俺の息子のクセに一臣はちっとも野球に興味なくってさ』

母も父も、由比のことが大好きだった。

「オヤジと祖父は、折り合いよくなかったみたいだね。オヤジは高校中退してすぐに働きだして、同時に家を出てる」

「ふぅん。けど、だからって仲悪いってことにはならないんじゃない？」

「おふくろに向かって、よくぼやいてた」

「何て？」

「あの人は冷たい、って。祖母は祖父の冷たいのに嫌気がさして、息子を置いてさっさと別れたんだろう、って」

「え。じいさん、離婚してんの？」

「じゃなくて、結婚してなかったらしいね、そもそも」

由比の指示で豆腐の水気を切りながら、波佐間は何のことはない口調で言う。

今日の豚汁は肉が特別多めで、油揚げも油抜きせずにそのまま入れる。大根にんじんゴボウ里芋《さといも》と根菜類もたっぷりで、仕上げに盛りつける小ネギはお代わり自由。汁物一杯で、暑さに負けないスタミナがしっかりつくというメニューだ。

ほそく刻んだ生姜《しょうが》はご飯に混ぜて炊《た》き、あとから梅肉《ばいにく》と大葉を足して、さっぱり味にする。

「よーし。我ながらカンペキ！」

由比の自画自賛《じがじさん》を聞きながら、波佐間は煙草《たばこ》に火をつけた。

手を拭きながら由比が言う。

「おまえのばあさんて、どんなひとだったんだろうな」

「なんで？」

「だってさ、おまえにソックリだっていうじいさんと、つき合ったわけだろ？」

「そうだね」

「よっぽど好きな女の子供じゃないと、男は引き取って育てたりしないんじゃない、フツー」

「さあ、どうだか」

「俺ならヤだけどなぁ。自分をフッて逃げちゃったカノジョの子だろ？　ほんとに自分の子供かどうかだってアヤシイわけだろ？」

思えば、いままで祖母のことなど考えたことがなかった。

父は当然考えただろう。自分の母親のことだ。祖父と折り合いがよくなかったぶん余計に、自分を育てなかった祖母に対して思うところがあったに違いない。

「しかしさ、じいさんが、まんまとばあさんに逃げられたっていうんなら、おまえの女のシュミは間違いなくじいさん譲《ゆず》りだろ」

「どういう意味だよ」

「直したほうがいいぜ、寄ってくる女と見境なくつき合うクセ。ちょっとは選《よ》り好みしろって。でないと、そのうち子供置いて逃げられるよ？」

余計なお世話だ、と文句を言うかわりに煙草を灰皿に押しつけた。

由比がシンクまえを離れて、カウンターの隅へと向かう。

「ちょっと休憩してくるわ。あと小ネギ刻んどいて」

「了解」

「七味は、新しいの足しといたほうがいいかもしんない」

「わかった」

「北方ってひと、現役《げんえき》でバーテンやってるんなら、おまえ、ちょっとは教えてもらったほうがいいんじゃない？　ウイスキーのこととか、客への愛想の振りまきかたとか」

二階への階段を上がりかけた由比が、ふと足をとめてふり向いた。

「そういやさ、ビーコン、見つからなくってさ」

言われて波佐間は、一瞬、息を呑《の》んだ。

「え」

「ビーコンだよ、ビーコン。なくしたみたいだって、ついこないだ気づいて、それからずっと捜してるんだけど。どこやったかな？　あれないと次に山行くとき困るだろ？　ま、雪山登らなけりゃいいんだろうけど」

鮮やかなブルーの、おまえから借りたやつ。

眠たそうにあくびを噛《か》み殺しながら、由比がそう言った。

とん、とん、と階段をゆっくり上がる足音が、すうっと途中で静けさに紛《まぎ》れて聞こえなくなる。

4

駅の南口を出てすぐのところに、小さな登山用品専門店がある。

店を休みにした木曜日に、ふらりとそこを訪れた。

「すいません。ビーコン置いてますか」

「ああ、ビーコンなら奥だよ」

肩や腕にかっちり筋肉のついた、いかにもクライミングあたりをやりそうな中背《ちゅうぜい》の店員が、高額商品を並べたショーケースを指して教えてくれた。

「ケース下にカタログが差し込んであって、商品見たいときは声かけてください。鍵あけるから」

最新のリュックや登山靴《ぐつ》が並ぶ狭い店内を、波佐間はなんとなく見まわしながら奥へ入っていく。大学卒業後に勤めたのがスポーツ用品メーカーだったので、馴染《なじ》みのロゴがずらりと商品ラックに並んでいた。

「ああ、モデルチェンジしたのか……」

覚えのあるバックカントリー用のウエアについ手を伸ばしながらつぶやくと、聞きつけた店員が声をかけてくる。

「お客さん、冬山やるの？　見えないね」

「あ、いえ。冬はハードル高いから。登るのは連休あたりになってからです」

「連休かぁ。高いとこ行くなら、かえってコンディション危ないときあるから気をつけて。シーズンど真ん中の天候安定してるタイミングなら、雪山もいいよ。いちばん最近は、どこ登った？」

「……一昨年、北アルプスに」

「北かぁ。一昨年ていうと、確か5月に入ってからも事故あったよね」

ショーケースのなかに、ビーコンが幾つか並んでいた。

雪崩《なだれ》ビーコンは、雪山で遭難《そうなん》事故が発生したときに使われる小型無線機だ。雪に埋もれた被災者のビーコンから発せられる電波を、遭難を免れたメンバーが受けて、すばやく捜索救助にあたる。使われないに越したことのない、万が一に備えての装備のひとつ。

スマホほどの大きさのビタミンカラーの商品に、二万しないほどから五万超えまで、さまざまな値段がついていた。

「どれか出します？」

「いいえ、いいです。今日は見るだけで」

捜したかったモデルは、ケースのなかには並んでいなかった。

……きれいなブルーの。

鮮やかな青色をした、当時の最新モデル。

雪景色を間近に見たいと前の年から由比がごねていたので、シーズンオフになって多少価格が下がったのを、さらに社員割引で買ったのだった。

『ええっ!?　おまえが俺にプレゼント!?　山が崩れてくるんじゃない？』

『じゃなくてレンタル。料金はまけとく』

『なーんだ、貸すだけ？　まぁでも、サンキュー。おまえ、俺が訊かないと登山計画も教えないじゃん。でも、これ買ったってことは、俺がついてくのが当たり前になったってことだよな』

『基本的には俺のものだから』

『いいっていいって。照れるなって』

ニヤニヤ笑って、本当に嬉しそうな顔で新品のビーコンをためつすがめつ眺めた由比に、それ以上なんと返事をしたのかは覚えていない。

登山用品店を出たあとは、公園をひとまわりして、駅ナカで弁当を買って、自宅に戻った。

冷蔵庫からミネラルウォーターのペットボトルを出し、ベッド脇に座り込んで弁当を開けた。

割り箸《ばし》を割って、幕の内の白飯を機械的に口に押し込んだところで、ふと苦笑した。

高校時代の昼休み。弁当を食べていると、クラスの違う由比がわざわざやって来て、当然のようにとなりの席に座り込み、菓子パンと牛乳をパクパクやった。

ものの食べ方が旨《うま》くなさそうだと、たびたび文句を言われた。

『おまえ、ほんとに面白くなさそーに食うんだよな。作ってくれてるひとに、ちゃんと感謝しながら食ってないだろ』

正直美味《おい》しいと思ったことのない弁当が、由比のクレームのせいでますますありがたくなくなったものだった。

『なぁ、たまには笑ってみ？　ほら、口の端っこんとこ、こうやって上げてさ。うわ、硬っ。ヤバいよ。表情筋、錆《さ》びてるよ』

こっちは相手のことを、うるさくじゃれつく子犬のようだと思っていたが、傍目《はため》には、あまり吠えない大型犬が子供に構ってもらっているように見えていたかもしれない。

『おまえってさぁ、たぶん寂しがりやなんだと思うよ。自分でそれに気がついてないんだよ。試しに言ってみろよ。〝由比がいなくなったら寂しいな〟ってさ』

人気者だった由比がそうして他のクラスの無愛想な幼馴染《おさななじ》みのところに通い詰めるのが、彼の友だち連中にしてみれば、何となく面白くなかったのだろう。廊下《ろうか》ですれ違いざまチラリと不満そうな視線をよこされたり、陰口めいた噂話《うわさばなし》が耳をかすめることが、ときどきだがあった。

放っておいてくれればいいのにと、由比のおせっかいを面倒に感じながらも、逃げることも遠ざけることもしなかったのは、別に寂しかったからではない、と思う。

弁当を食べ終わって、水を飲んだ。

天気予報を確かめると、翌日は曇りで気温は低め。

「ランチの買い出し、しておくか」

立ち上がって台所のほうへ向かいかけたところで、畳《たたみ》の上に伏せられたままのアルバムに爪先《つまさき》を引っかけた。

コト、と小さな音がして足を止める。

動いたアルバムをもとの位置に直し、空《から》の弁当箱を捨てた。

5

週の終わりに、北方が『間』を訪れた。

来るとしたら夜だろうと思っていたのに、昼の日中にあらわれた。

ガラガラと引き戸を開いて、しわくちゃのハンカチで額の汗を拭きながら、

「あいつらしい陰気な店だな。おもてでカラスが店番してるじゃないか」

いかにも昔馴染みに向かって吐くような憎まれ口をきいて入ってきた。

「いらっしゃい。もしかして、波佐間のじいさんのお友だち？」

早々に気づいた由比が先に声をかける。

波佐間はあとから無言で会釈《えしゃく》をした。

看板カラスのカロンが、湿気の漂う小路から新顔の客を斜めに見上げていた。

「どうぞどうぞ。おもてに貼ってあるけど、今日のランチはロールキャベツ定食、六五〇円。でも、先代オーナーの友だちだから五〇円おまけして六〇〇円で！」

あからさまに歓迎ムードの由比の手招きを受けて、北方は七つあるスツールの真ん中に腰かける。

「おもては蒸し暑いのに、なかは居心地いいんだな」

案外涼しいんだなとつぶやいて、まずはぐるりと店のなかを見まわした。

それから老いた顔をバックバーへと向けて、端から端までウイスキーボトルをゆっくりと眺め、棚《たな》の隅に立ててあるフォトフレームを見て懐かしげに目を細める。

「スコッチ専門てわけか。むかしは国産でも、たいそうありがたがったもんだが」

ランチをくれ、と注文されて、波佐間は無愛想に「はい」と返事をする。

由比がコンロにかけた鍋《なべ》をぐるりとかき混ぜ、レードルでたっぷりと一杯すくった。

洋食の日でも食器は根来椀《ねごろわん》だ。握り拳《こぶし》大に作ったロールキャベツを、大ぶりの椀にゴトリと入れる。

「スープは和風出汁《だし》ベースにトマト風味で、具に刻み込んでるのは長ネギと生姜《しょうが》。肉は合い挽《び》きだけどさっぱり食べられると思うよ」

茶碗《ちゃわん》一杯の白飯と、米酢で漬けたミョウガとオクラのピクルス。箸と、水のグラスをトレーに一緒にのせて、波佐間が北方のまえに差し出した。

朝早くから仕込んだ自慢のメニューに、由比は得意満面だ。

若造二人の手料理に、北方は半信半疑の顔色で根来椀をそろりと持ち上げ、口をすぼめて一口すすって、意外そうに目を丸くする。

「旨《うま》い……」

「でしょお！」

嬉しい声を上げる由比を、波佐間は「はしゃぐなよ」と横目でチラリと責めた。

「バーのほうは、じいさんのとこに通ってきてた常連さんを引き継いだのかい？」

安心した様子でロールキャベツに箸を入れながら、北方が質問をよこす。

よく煮込まれたキャベツは簡単にぶつりと二つに分けられる。

「祖父がいったん店を閉めたんで、常連客はまったく残ってません」

「それじゃあ大変だろう。よくやっていけてるもんだ」

「やってけてないよなぁ、一臣」

「うるさい」

「なるほどね。夜より昼飯のほうが儲《もう》かってるってわけか」

「うーん、ランチも儲かってるとは言えないかなぁ。こいつ、ほんと商売下手《べた》で。見たまんまの無愛想なもんで、お客が逃げてっちゃって」

もう一度「うるさい」と由比に向かって文句を言おうとしたところで、北方がロールキャベツを頬《ほお》ばりながら体を揺らして笑った。

「いいコンビだな、あんたたち」

「でしょお！」

　ここぞとばかりに由比がカウンターに乗り出した。

「俺、由比っていうんです。一臣とは幼稚園からの腐れ縁」

「俺は北方だよ。あんたの相方のじいさまとは、バーテンの修業時代の同僚だ」

「一臣から少し聞いたけど、バーテンって修業してなるもんなんだ」

「俺たちの時代はね。あとになると学校もできたりしたもんだが。当時は米兵相手に鳴らした師匠《ししょう》のとこに、弟子入りみたいな格好で入るのが早道だったんだよ」

「へえー」

「戦前から浅草《あさくさ》でやってた師匠が銀座《ぎんざ》に新しく店を出して、俺とじいさんはそこに勤めてた。聞いてたかい？」

　訊かれて波佐間は首を横に振る。

「祖父はむかしのことはあんまり……ていうより、しゃべること自体、少なかったひとなんで」

「そうか。若いころと変わらなかったってわけだな」

懐かしそうにつぶやいて、北方はオクラのピクルスを口に放り込む。

由比が訊く。

「やっぱり若いころから無口だったんですか？　一臣のじいさん」

「ああ、しゃべらなかったね。一緒に店にいたのは半年きりだったが、俺はあいつが笑うのをいっぺんだって見たことがない」

「へえー！」

ふと不審に思って、波佐間は訊いた。

「半年しか一緒にいなかったのに、わざわざ家まで？」

確か、家を訪ねてきたとき北方は「五十年もむかし」と言っていた。それだけの時間を経て会いに来るのだから、かつて祖父とはよほど長く、よほど親しく過ごしていたのだろうと、何となく思い込んでいた。

スープの最後を旨《うま》そうにすすって、北方は「ふう」と満足の溜息をつく。

「別れたあと、一度こっちから葉書を出したことがあった。几帳面《きちようめん》なやつだったから、それからは年に一枚か二枚、季節の便りをよこしてくれた。山の写真も送ってくれたっけ。ああ、カウンターにも飾ってあるな。穂高《ほたか》、とかいう山だろう、ありゃあ」

同じ写真をもらったことがあったと微笑《ほほえ》んだ。

由比が悪戯《いたずら》っぽい目をして言う。

「それなら孫よりよっぽど愛想がいいよ。一臣は、俺に年賀状くれたことないんですよ。俺は毎年出してるのに」

「ほう、そりゃ不義理だ」

北方にまで責められて、波佐間は顔をしかめる。

「代わりに宿題のリポート見せてただろ」

「えー、あれがおまえの〝お手紙〟？　ひでー」

「おかげで助かったって、学年末にありがたがってただろ」

「そうだっけえ？」

滑稽《こっけい》な〝痴話喧嘩《ちわげんか》〟に、北方が苦笑した。

「孫にも相性のいい相棒がいてよかったなぁ」

「そうでしょお！」

「さて、ごちそうさん。旨《うま》かった」

ポケットから使い古した小銭入れを引っ張りだしつつ、北方はスツールから立ち上がる。

「おかげで若い時分が懐かしくなった。あいつとは寮が相部屋で、おまえさんたちみたいにペチャクチャしゃべりこそしなかったが、しじゅうお互いの気配ってのを察しながら過ごしてた。確かに陽気なやつじゃあなかったが、たとえ短い期間でもそうして暮らした相手ってのは、トシがいってからになると特別になるもんだ。お邪魔だろうが、もういっぺん……今度は夜に来るよ。バーは何時から？」

「夜の八時から午前一時」

また来ると言われて波佐間がつい黙り込む隙《すき》に、さっさと由比が返事をした。

「そーだ。どうせなら水曜日の真夜中すぎに来ませんか？　スペシャル・サービスタイムだから！」

「由比」

とっさに遮《さえぎ》ったが、北方は「そうかい。じゃあ」とうなずいた。

由比の腕をつかまえ、波佐間は低く抗議する。

「余計なこと言うな」

「なんでだよ。いいじゃない。うまくすりゃ、おまえのじいさんに……」

カウンターのなかで由比と押し問答《もんどう》のあいだに、北方は戸口に近づき引き戸をガラリと開ける。

おもてにカロンが待ち構えていた。

ひょい、と北方の足もとに飛び寄ったカロンが、その靴先《くつさき》をコツンと嘴《くちばし》でつついた。

「おいおい、よくなついたカラスだなぁ。名前、何ていうんだ？」

波佐間と由比は顔を見合わせる。

「そうか、名無しか」

どちらも答えなかったので、北方はおかしそうに言って帰っていった。

……カロンがつついた。

「痛いよ。放せよ」

戸が閉められて少しして、思い出したように由比が腕を振った。

「いいじゃない、一臣。おまえ、じいさんに会えるかも」

「よくない」

「なんで？　会ったついでに、いろいろ訊いときゃいいだろ。この先、店どうやってったらいいのかな、とか。仕入れってどうするの、とかさ」

「おまえは何もわかってない！」

〝わかってない〟

口をついて出た言葉の意味を自分自身で図りかねて、波佐間は振り払われた手を、ぐ、と握った。

水曜日の真夜中すぎ、この店には死者がやって来る。

カロンがつついた客に呼ばれて、ひっそりと四三小路を訪れる。

見知らぬ死者はさして怖くない。ここはそういう場所なのだと、わりと抵抗なく受け入れた。

けれど、知った相手となると話は別だ。

……怖い。

久しぶりにその感情を思い出し、波佐間はきつく眉根《まゆね》を寄せた。

由比が髪を揺らして、こちらをのぞき込んでくる。

「おい、一臣。具合悪い？」

「ああ悪い。おまえのせい」

「って、なんだよ。八つ当たりかよ」

「そうじゃない」

本当に震えが来る気がして、足早にカウンターを出た。

由比が驚いて追ってくる。

「一臣？　なあ、ちょっと……」

つかまれた腕を今度はこちらが振り払った。

由比をカウンターのほうへと押し戻しながら、

「いったん閉める。バータイムには戻る」

足もとのカロンを危うく蹴《け》り飛ばしそうになりながら店を出た。

「ちょっ……一臣!?　どーすんだよ、せっかくのロールキャベツ!　おい!」

6

『孫にも相性のいい相棒がいてよかったなぁ』

北方はさらりと〝孫にも〟と言った。

けれど寮で相部屋だったあいだ、祖父とはあまり言葉を交わさなかったという。彼の口ぶりからは、彼自身が祖父の〝相棒〟だったようには感じられなかった。

……だとしたら、誰だ。

姿の見えない死者にまとわりつかれている気がして、深く眠れないと思いながら目を覚ました。

朝。

腕時計のアラームを止めて、のそりとベッドから起き上がる。飾り気のないTシャツをかぶって、デニムを穿《は》く。

畳《たたみ》に伏せられたままのアルバムをチラリと見下ろし、台所へ行って水を飲む。バナナを一本かじってクラッカーを頰《ほお》ばり、由比からいかにも「まずそうだ」と文句をつけられそうな朝食をすませた。

いつもどおりに仏壇《ぶつだん》に手を合わせて、

『一臣くん。わたしが死んだら、君は、四三小路の店をやるといい』

死んだ祖父の声を思い出した。

『あそこはおそらく、いまの君にはいいだろう』

置き去りにしてきたカラスの様子を見てきてほしいと頼まれ、月に何度か店まで足を運んでいた。鍵を持たされたので、戸を開けてなかに入ったこともある。狭くて、暗くて、ひんやりした空気に満たされていて、まるで遠い過去につながる異空間のようだと感じていた。

祖父とは、同居するまで長く過ごしたことはなかった。年に一度か二度、ふらりと家にやって来ては、さして家族と親しく言葉を交わすこともなく去っていくだけのひとだった。ときどき山の写真を見せて、これはどこそこ、と言葉少なに教えてくれた。一人で山歩きを始めてみたのは、彼の影響だ。

父はあからさまに祖父を嫌うようだった。祖父があらわれると、決まって苦虫《にがむし》を嚙《か》みつぶしたような顔をした。

あの日、

『よかったら、わたしのところへ来るかね』

祖父の申し出は唐突《とうとつ》だった。

けれど自分は迷いもせずにうなずき、父も母も黙ってそれを許してくれた。

『一臣を、よろしくお願いします』

折り合いの良くない相手に向かって、やけに神妙に頭を下げていた父親の姿が痛々しく、わずかに滑稽《こっけい》に見えたことを、鮮明に覚えている。

自分に似なかった息子を、よりによって好かない男に預けなければならないことを、少しは皮肉に感じていたのだろうか。それとも、いっこうに生きる気力を取り戻そうとしない我が子の将来が、ただただ心配だったのか。

山で事故に遭《あ》い、会社を辞めて、しばらく経ってからのことだった。

そのとき祖父はすでに病に侵され、余命宣告を受けていた。

〝四三小路の店をやるといい〟

同居して一年足らず。

一緒に暮らすあいだは指図めいたことをいっさい口にしなかった祖父からそう言われて、

面倒だとは少しも感じず、むしろそれが当然のなりゆきのように受け取った。

……『間』には死者が訪れる。

もし、元オーナーであった祖父がそこにあらわれたら、いったい何が起こるだろう。

自分に親しい、死者。

彼は何を求めにやって来るのか。

深く考えるのが怖かった。

水曜深夜、北方に呼ばれて祖父がもしやって来たなら、それが何かの合図になるのではないか。

いままでかろうじて保たれていた不自然なバランスが、たちまち崩れてすべて終わりになるという、容赦《ようしゃ》のない合図。

眺める祖父の写真は、生前の彼らしくむっつりと無愛想な面持《おもも》ちだ。

「会ったら、なんて挨拶《あいさつ》すりゃいいんですか」

〝こんばんは〟か、

〝お久しぶりです〟か、

〝向こうはどうですか〟か、
それとも、

〝連れて行かないでください〟か。

仏壇のまえから離れ、畳《たたみ》の上で埃《ほこり》をかぶっているアルバムに向かってそっと手を伸ばした。

自分でも笑えるくらい恐る恐るといった手つきで、ビニールのかかった分厚い表紙をめくる。高校を卒業するまでの写真は、そうして親がアルバムにまとめてくれていた。

写真のなかに、高校生の由比がいる。

たぶん北海道への修学旅行。制服の上にハッピを羽織《はお》って、おどけてソーラン節なんかを踊っている。

「……」

バサ、と音を立てて表紙を閉じた。

その拍子にカチャリと音がして、アルバムの下に鮮やかなブルーが見えた。

立ち上がり、もう一度水を飲んで、玄関先にロードバイクを引き出す。

サドルにまたがり、いつもよりも速くペダルをこいで住宅街を抜けた。

四三小路に着いて店に入ると、由比があっけらかんとした笑顔でカウンター奥に立っていた。

「よ。おはよ」

むかしから由比はこうだ。

ケンカが翌日まで持ち越したためしがない。

色白の顔が真っ赤になるほど怒っても、次の日には見るほうが恥ずかしくなるくらいの満面の笑みを浮かべて「おはよう」を言う。つき合ってこちらも「おはよう」と返し、諍《いさか》いは自動的に終了となる。

けれど今朝の波佐間は、重い気分に幕を下ろせなかった。

「なあ、一臣ぃ。おまえ、まだ怒ってんの？　ロールキャベツ、煮込んで味の調整して冷凍したぜ。腹減ったときの夜食用。今日はキャベツがまだたっぷりあるから、角切りベーコン入れた豆乳スープにでもするかな」

「まかせる……」

「じゃ、米といだらキャベツどんどん切って。俺、ベーコンのほうやるわ。出汁《だし》は昨日と同じ和風で、隠し味に味噌。漬け物は浅漬けのきゅうりにして、ちょっと寂しいから飯をじゃこ飯にすっか。な」

手際《てぎわ》よく由比が仕事を振って、波佐間は言われたとおりにこなしていく。

くわえ煙草《たばこ》で、ときどき灰を灰皿に落としにシンクの向こうまで通いながら、山ほどの刻みキャベツを黙々と作った。

「わ！　どんだけキャベツ積んでんだよ。もういいって、そこらへんで」

やがてスープのいい匂《にお》いが漂い、じゃこ飯が香ばしく炊《た》けてランチタイムになる。

〝キャベツたっぷりの豆乳スープ定食　六〇〇円〟

店のおもてに貼り紙を出して間もなく、見知った客があらわれた。

「こんにちは」

磨《す》り硝子《ガラス》の嵌《はま》った引き戸を遠慮《えんりょ》がちに開けて顔を見せたのは、女子大生の優花である。白地に花柄のワンピース姿で、そっと戸口から店のなかをのぞき込み、他に客がいないのを確かめると、ちょっとホッとした様子で入ってきた。

「定食、お願いします」

いつもなら「わあ、美味《おい》しそうな匂い！」とか「暑いですねぇ」と明るく言うのが、今日はなんとなく浮かない顔色だ。

「あれぇ？　優花ちゃん、どしたの？　またカレシとケンカした？」

はやばや気づいた由比が気安く声をかけると、

「あ、ええと……じゃなくて」

慌てて手を振り、優花はおとなしく定食が出されるのを待った。

彼女の憂鬱《ゆううつ》の原因に察しがついて、波佐間はリノの怒り顔を思い出す。

た。

「お待たせ。大葉と白ごまは、ご飯用。お好みで」

「ありがとうございます。美味《おい》しそう」

差し出されたトレーを見下ろし、元気のない声でポツリと言って、優花は箸《はし》を持ち上げた。

由比がキャベツスープをさらにコトコト煮ながら、話しかける。

「今日はリノちゃんは？　一緒じゃないの？」

「はい」

「ふぅん。大学時代っていいよねぇ。午前中まるまる授業なくってヒマだったりするもんね。それじゃバイトかな。またランチ食べにおいでって彼女にも伝えてよ」

「……はい」

「しかしさ、俺とこいつも〝いいコンビ〟だけど、優花ちゃんとリノちゃんも仲よさそうだよね。女友だちって、あんまりケンカしないもの？」

由比の質問があまりにタイムリーだったので、波佐間は吸いはじめたばかりの煙草にわずかにむせた。

黙々と定食を食べすすめていた優花がふと箸を止め、ジッと浅漬けののった小皿のあたりを見つめている。

「由比さんと波佐間さんは……ケンカすることありますか？」

真剣な口調で質問されて、由比が「あはは」と笑い声を立てた。

「するする。ちなみに昨日からケンカ中」

「え？」

余計なことを言うなよと、波佐間は由比を横目で睨《にら》む。

由比はいっこうにお構いなしで、ペラペラと優花に向かって内輪話を披露する。

「聞いてよ、優花ちゃん。俺がちょーっと気に入らないこと言うと、一臣のやつ、むくれて黙ったまんまになんの。普段から無口なクセに、さらに無言。だからまぁ、ケンカ中っつっても、あんましいつもと変わらないっちゃあ変わらないいんだけどね」

だから俺は全然平気、と。

言われて初めて「ああ、こいつの妙な立ち直りの早さは実は俺のせいなのか」と波佐間は納得した。

優花は、由比のおどけた調子を聞いて少し気分がほぐれたらしい。ようやくクスクスと笑っている。スープを飲んで、ほうっと息をついて「美味しいです」と言った。

「あたし、リノとケンカしちゃって……」

彼女の目が、チラリとこちらを見た。

さてはリノが『間』に押しかけてグチを言ったのだと、彼女に伝えたのだろう。

……面倒だ。

黙ってそ知らぬフリで煙草を吸って、波佐間は〝特濃とんこつ〟の匂いと、リノの過《か》剰《じょう》な食欲を思い出す。

「リノに、悪いことしちゃったんです。このごろ麦人くんに誘われる日が、リノとの約束とカブることが多くって。リノが〝いいよ〟って言ってくれるから〝なら、いいかな〟って甘えて、麦人くんと出かけてばっかで……」

「あー、なるほど。で、リノちゃんが〝あたしと麦人くんと、どっちが大事なの〟って怒っちゃったんだ？」

こく、といったん優花はうなずき、それから慌てたように首を横に振った。

「違うんです、そこじゃなくて……。確かにリノが怒ってるのは、あたしの無神経なとこになんですけど。あたしが、うまくいかないなって思ってるのは、リノに言われるとなんとなく〝違うよ〟って断れないことなんです」

つっかえつっかえ言ったあとに、優花は、じゃこ飯を箸の先で小さく取って口に入れた。

リノとは逆で、優花はストレスがあると食欲が減退するらしい。美味《お い》しいと言ったスープも、まだ半分も減っていない。おそらくリノのほうは今ごろドカ食いの最中だろう。ラーメンを勢いよくすする音が耳によみがえる。

由比がカウンターに肘《ひじ》をつきながら、いかにも女子にウケそうな優しい慰《なぐさ》めを言った。

「優花ちゃん、悪くないよ。つき合って間もないカレシがいるんだから、そっちに時間割いちゃっても仕方ないって」

「でも……」

「次に会ったら〝ごめん〟って言えば大丈夫だよ。リノちゃんだって、そこんとこわかってるから遠慮《えんりょ》してくれたんだろうし。次回、彼女が譲《ゆず》ってくれようとしたら〝いいよ。いままでも、ありがとね〟って断ったらいいいんじゃない？」

由比のアドバイスをうつむいて聞いていた優花が、思い切ったように目を上げてこちらを見た。

気づいた由比がひらひら手を振って、

「あー、優花ちゃん、ダメダメ。こういう相談って一臣にはムリだから。だいたい恋人長続きしないいし、友だち少ないいし」

「言ったほうがいいんじゃない、正直に」

由比の文句を遮《さえぎ》り、波佐間は優花に向かって言った。

「え」

優花が虚を衝《つ》かれた顔になる。

「彼女にきっぱり言えばいい。〝そんなふうに強引に譲《ゆず》られると、断りづらい。ほんとは一緒に出かけたいなら、素直にそう言ってほしい。自分もカレシとじゃなく友だちといたいことだってある。あとから怒るくらいなら、その場だけのいい顔をしないでもらいたい〟って」

「おい、一臣、それじゃあ」

「相手に遠慮して言いたいことや、やりたいこと引っ込めるのは〝友情〟って言わないんじゃないの。むしろ不誠実」

大きく目を見開いて息を吸った優花が、一瞬あとに「ワッ」と泣きだした。

由比が憤慨《ふんがい》しながら、彼女を慰める。

「おまえ、その言い方ひどいだろ。あー優花ちゃん、泣かないで。女の子に泣かれると、こっちまで泣きたくなっちゃうからさ。ハンカチ持ってる？　なかったらタオル貸すけど。一臣のやつ、ひどいよなぁ。きっとロクな死に方しないから放っとこうぜ」

けっきょく優花は定食を半分以上残して、ひとしきりしゃくり上げたあと、肩を落としてトボトボと帰っていった。

ガラガラぴた、と引き戸が閉まったあとに、由比がこちらをふり返って言った。

「あのさ、一臣。優花ちゃんにああ言ったおまえも、俺に何か、言いたいこと隠してたりしない？」

いつもはヘラヘラ陽気に笑っているクセに、やけにまっすぐな目をして、そう訊いた。

フウ、と煙を吐いて波佐間は顔をしかめる。数秒黙ったあとに平然と「ない」と言いきった。

「ほんとに？　何も？」

「ああ」

「んじゃ仲直り？」

「ああ」

「そっか！　あ、でも、おまえ女の子にはもうちょっと優しくしろよ。こっちの仲直りと、優花ちゃん泣かしたこととは別だからな！」

いつもの顔に戻ってニッコリ笑うと、由比は鼻歌を歌いながらキャベツスープをかき混ぜる。

その横顔をチラと見やって、波佐間は煙草《たばこ》を灰皿に押しつけた。

カウンターに置かれた卓上カレンダーで、次の水曜日を確かめる。

新しいのをもう一本くわえようとしたところで指先がふいに震えたのを、由比に気づかれないよう、黙って相手に背を向けた。
……カロンが、北方の足をついていた。
彼に呼ばれて、祖父があらわれる。
時期が来たんだ。
都合のいい執行猶予《しっこうゆうよ》期間は終わりだ。
穏やかで心地よい眠りから、ついに醒《さ》めるのだ。
『隠してたりしない？』
隠してる。
だけど、無理に引き留めてるわけじゃない。

7

二年前のあの日、山は快晴だった。

雪山登山に慣れた社会人グループが五月の連休に北アルプスへのツアーを組むと聞いて、ふと気が向いて参加を決めた。

三、四日まえになって、由比が連休中に遊びに来いよと連絡をよこしたので、予定があるからと断った。どこへ行くのか訊かれてツアーのことを告げると、翌日あらわれ「連れていけ」とごねるついでに「水くさいぞ」といつもの調子で怒りだした。

『おまえ、俺のこと友だちだと思ってないだろ』

『……言ってる意味がわからない』

『だいたい俺から連絡しないと、ちっとも誘いよこさないだろ？　〝うるさく付きまとう面倒なやつ〟くらいにしか思ってないんじゃないの？』

『誘われて気が向けば行くし、一人で行きたいところへは一人で行くっていう、単にそれだけだけど』

『あのね。ちょっとは俺と一緒に遊びたいとか、たまには顔見てやろうかなとか、こいつが友だちで楽しいなとかは、思わない？』

『少なくとも、いまこうして文句言われてる状況を愉快だとは思わない』

『あーそー！　やめた！　もーやめた！　俺とおまえの二十年のつき合いも、今日でおしまい！　じゃーなっ』

他人の家のドアをバタンと乱暴に閉めて、由比はドカドカ派手な靴音《くつおと》を立てて帰っていった。

だから当然、集合場所にはあらわれないと思ったのだ。

最新式のビーコンを自分用に持ち、古いタイプのもう一つは自宅に置いて出た。

けれど由比はあらわれた。

登山口で装備の確認をしたとき、きれいなブルーのビーコンを由比に向かって差し出した。

『はい、おまえの』

『なーんだ。おまえ、ちゃんと俺が来るだろうって思ってくれてたんだな』

嬉しそうに受け取って「ハーネス邪魔だから、雪のあるあたりに行ってから着けるよ」

とビーコンをリュックに突っ込んだ由比に、実は持ってきた装備はそれ一つだけなのだとは教えなかった。

標高が上がるとあたりは降ったばかりの雪に覆《おお》われていて、由比が大喜びでカメラを構えてはしゃぐのを、まるで子犬みたいなやつだと呆《あき》れながら傍観《ぼうかん》した。

地鳴りが聞こえて、

雪煙が見えて、

あっという間に圧倒的な白に視界が覆われ、ドッと凄《すさ》まじい力に押し包まれた。

〝どこだ、由比。返事しろ！〟

声をからして必死に捜した記憶だけがある。

運良く救助されたのは、命に危険が及ぶほど時間が経過したあとだったと聞かされたのは、後日。

由比が発見されたのは、さらに時が経ってからだったという。

主治医に頼み込んで許可をもらい、由比に会いにいった。

親族のすすり泣きが聞こえる斎場。彼は、棺《ひつぎ》のなかで花に埋もれていた。

相変わらずきれいな顔で微笑《ほほえ》んでいた。

入院が長引き、夏前にようやく松葉杖《まつばづえ》をついて自宅に戻り、会社を辞めた。

『わたしのところへ来るかね』

ほどなく祖父に誘われて、この街へ。

数冊のアルバムと、帰宅した日に壁に投げつけて壊した鮮やかなブルーの無線機だけを持って、引っ越した。

『一臣くん。わたしが死んだら、君は、四三小路の店をやるといい』

たまに、祖父はどういう気持ちで『間』を開いていたんだろうと思うことがある。

ツギハギ横丁、四三小路。

水曜の深夜一時に、その場所に不思議な時間が訪れることを、果たして彼は知っていたのだろうか。

はっきりと聞かされたことはない。

けれど、

『あそこはおそらく、いまの君にはいいだろう』

ああいう言い方をしたことといい、看板鳥の名前といい、小路の秘密について知っていたのではないかと、なんとなく感じている。

8

その朝は、いつもどおりに起きて、いつもどおりの朝食をすませて、祖父の仏壇《ぶつだん》に手を合わせ、玄関を出てロードバイクにまたがった。

日ごろよりはゆっくりとペダルをこぎ、アーケード街の入口でバイクを降りて、ツギハギ横丁までは徒歩で、通行人に不審がられるほどノロノロと歩いた。

「おっす、一臣。おっはよ」

店に入ると、由比はカウンター向こうの椅子《いす》に少しだるそうな顔で座り込んでいた。

「調子よくないんなら寝てろよ」

「だいじょぶ、だいじょぶ。だって今日は水曜だろ。北方さん来るし」

「どうせ夜中だろう。おまえがそう言ったから」

「うわ、おまえ、もしかしてまだ根に持ってる?」

ウエーブがかった髪を揺らして、おかしそうにそう笑った。

ランチのメニューは〝けんちん汁定食〟で、珍しく客が七人入って、鍋《なべ》はすっからかんになった。

「あ〜あ。夕飯に食うつもりだったのに」

鍋底をのぞいて惜しそうに由比が言うので、

「ロールキャベツあるだろ。冷凍したやつ」

「でもなぁ、昨夜も今朝もそれ食ったし」

「赤字経営なんだから贅沢《ぜいたく》言うなよ」

オーナー権限で注意をすると「誰かの経営努力不足のせいだ」と恨めしげな文句が返ってきた。

いったん看板を下げて店を閉め、夜八時からのバータイムにふたたび開ける。

店々がせせこましく群れ建つツギハギ横丁は、人いきれもあって夜間でも苦しいほどに蒸し暑い。買い物客たちが頬《ほお》を上気させ、額に汗を浮かべながら、がやがやと窮屈《きゅうくつ》に行き交っている。

そんななか、四三小路だけはひやりと静まり返っている。

凄まじい音を立てるわりにエアコンの効きは悪いが、『間』の店内の居心地もまずまずだ。

「こっちに流れてくれれば涼しいのにな」

祖父の蔵書をパラパラめくりながら、由比が悠長《ゆうちょう》に言う。

「一臣、客引きしてこいよ。ニッコリ笑って『イケメン二人でやってるショットバーなんだけど、今夜ヒマで困ってて。助けると思って一杯飲みに来ない？』って誘ったら、女子客何人か来てくれるよ」

「笑うのも誘うのも面倒」

「んじゃ、俺が行ってこよっか？」

「業務命令外。給料出なくていいんなら」

いつもどおりの状況に、いつもどおりの会話。

由比とのあいだに、この約一年変わらず漂いつづけてきた〝日常〟だ。数時間のちに、それが実は〝非日常〟だったのだと気づかされるとは、とうてい思えない。

暇なのでグラスを拭いて、それから珍しくバックバーの棚《たな》の端から順に丁寧《ていねい》に掃除《そうじ》をした。

コミュニケーション能力過剰な由比は、いつもどおりの沈黙にも何か違うものを嗅《か》ぎ取るのか、読書のとちゅうで顔を上げてこちらに視線をよこす。

「なあ、一臣。どうかした？」

「別に」

「そう？　ならいいけど」

十時を過ぎて、まったく客が来る気配がないのをいいことに、由比が冷凍庫からロールキャベツを出してきた。

「残り、二つか。一緒に食うだろ」

どうやら由比は、昨夜と今朝で四つも食べたらしい。

煮込んだスープに冷や飯を入れて一緒に温め、根来椀《ねごろわん》二つに注ぎ分けてスライスチーズをのせる。

「野郎ふたりで〝最後の晩餐《ばんさん》〟かぁ。でもま、旨《うま》そうだよな」

名画にならってカウンターに横に並んで、あつあつのロールキャベツをスプーンで崩す。

静かな店内にしばらく咀嚼《そしゃく》の音だけが聞こえる。

冷蔵庫に残っていた料理は、これで終わり。

「さてと、暇なあいだに明日のランチメニュー、相談しとく？」

皿を洗って片づけたあとに、由比は伸びをしてから、こちらに寄ってきた。

波佐間はまじまじと、その顔を見る。

ゆるい天然ウエーブの茶色の髪は、この一年、少しも伸びていないように見える。

もとから色白だったが、橙《だいだい》色の電灯の下で見ると、ちょっと不健康なくらいだ。しゃべり、笑っていると、そうも思わないが、ふとうたた寝しているときなどに見ると、まるで人形のように感じることがある。

スタイルのいい体の輪郭《りんかく》は繊細《せんさい》で、ちょっと大げさに言えば〝儚《はかな》げ〟だ。黄昏《たそがれ》時の店内の薄暗がりに、ふいに滲《にじ》んで溶けてしまうのではないかと、ときどき不安に思えるほどだ。

由比がこの店に初めて来た晩のことを、思い出す。

雪まみれで「寒い寒い」と震えながら、真夜中すぎに入ってきた。

……夢なのか？

呆然としつつウイスキーを一杯飲ませると「あったまるなぁ」と言って無邪気な笑顔になった。

翌朝。ふらつきながら店を出たところで、薬局の店主から、閉まりかけのシャッター越しに声をかけられた。

『幽霊にでも出くわした？　だったら、この世のものを食わせちゃダメだよ。帰れなくなるんだから』

酔ったと言って店に居座り、腹が減ったと柿の種をわしづかみにした由比を、止めなかった。

以来、彼は『間』に暮らしている。知るかぎり一度も店から出たことはない。

店を出たらどうなるか、わからない。

ジッと眺めていると、由比が不審そうに眉根《まゆね》を寄せる。

「何？　顔になんかついてる？」

「……ついてる」

「え、どこ？　何？」

「目と鼻」

くだらない冗談を言ったつもりが、やけに真剣な声が出た。

由比が目を瞠《みは》り、

「はぁ？　おまえ、どうしちゃった？」

「由比、おまえ……」

そこで、ガラガラッと戸口の引き戸が音を立てた。

ふり返ると、北方が立っていた。

看板カラスのカロンが道の上で「カアッ」と、高くひと声鳴いた。

「こんばんは。来たよ」

「あ。いらっしゃい！」

由比はフイと顔を逸《そ》らして、北方に笑顔を向ける。

柱時計が十二時過ぎを指している。

「どーぞどーぞ。待ってました。『間』のバータイムにようこそ」

今日もしわくちゃのハンカチで顔を拭きながら、北方は店のなかへと入ってきた。

「この時間になると、ますます廃墟《はいきょ》みたいなありさまだな。本当に開けてるかどうか心配になったよ」

「あー、そうでしょ。四三小路は心霊スポットなもんで」

「シンレイ?」

「お化けが出る場所ってことです。地元じゃ有名なんだって」

肩をすくめながらの由比の説明に「はは」と苦笑した北方が、今日はカウンターの端から二つめ、ちょうど〝師匠《ししょう》〟の写真が見えやすいあたりのスツールに腰かけた。

波佐間は低く訊ねる。

「何にします?」

「そうだなぁ……最初は、おすすめのを一杯もらおう。おもてが暑かったからロックで。ご自慢のスコッチに氷なんぞぶちこんじゃあ、じいさんには叱《しか》られそうだが」

「構いません。オーダーどおりに出してます」

「そりゃ気楽でいい。頼むよ」

小皿に柿の種を出すと、北方はボリボリと一気に食べてしまった。

波佐間はグラスにロックアイスを入れ、あまり選びもせずにバックバーから握りやすい位置のボトルを取ってくる。

由比がカウンターに頬杖《ほおづえ》で、陽気に話しかける。

「今日は、こいつのばあさんの話を聞こうと思って」

「ばあさん？」

「一臣のじいさんの奥さんて、どんな人だったんです？　つっても、結婚はしてなかったみたいだけど」

「ああ、美映子《みえこ》ちゃんのことか……」

するりと北方の口からこぼれ出た名前に、波佐間はつい由比と目を見合わせた。

名前を聞くのは初めてだ。

北方が老いた顔を上げ、まじまじとこちらの顔を観察する。

「本当に、あれは波佐間の子だったんだなぁ」

溜息混じりにそう言うのを聞いて、すかさず由比が訊ねた。

「それってどういう意味ですか？」

「つまり、あんときは皆が、あの赤ん坊は……」

言葉のとちゅうで、ゴト、と波佐間はグラスを彼のまえに置いた。

「ああ、ありがとう。どこの酒?」

「〝ロングモーン〟だそうです」

ボトルのラベルを見下ろして、ぶっきらぼうに読んだ。

北方が気を取り直したようにグラスを持ち上げ、目をほそめて琥珀《こはく》色を眺める。ゴクン、と一口飲んで意外な顔で褒《ほ》めた。

「どんなにクセが強いかと思いきや、落ち着いてて素直だなぁ」

香りを確かめ、もう一度グラスを掲げて色を見て「ふぅん」と面白そうに微笑《ほほえ》んだ。

「結婚、しなかったんだな。じいさんは」

なぜか納得するようにうなずいて、

「美映子ちゃんの話はあとにして、じいさんの思い出話をしてやろう。どうだい」

「別に、どういう順番でも構いません」

「つくづく似てるなぁ、あんた、あいつに。そういう物の言い方からして」

感心されて、波佐間はただ黙る。

「店に入ったのはあいつのほうが一年ばかり先で、銀座に開いたばかりの店に、俺があとから流れ着いたんだ。最初に会ったときにはもう、向こうはパリッと白シャツにネクタイつけて、背筋をしゃっきり伸ばしてカウンターんなかに立ってた」

バックバーの〝師匠〟の写真と見合って、思い出話を交わす調子で語りだす。

「師匠の一番弟子だっていうんで、銀座から働きだしたやつは俺も含めて、皆があいつに嫉妬《しっと》してたよ。無口で愛想なしだからスカしてるように見えたんだな。いまで言う〝文系〟ってやつだったんだろう。俺は別のところで酒を注いできてたから負けるもんかって気があったが、しばらくするとあいつが物識《ものし》りなのに舌を巻いた。ウイスキーにえらく詳しかった」

「へえ。一臣のじいさん、若いころからウイスキー好きだったんだな」

「悔しいから食いついていろいろ質問したら、たいていのことに答えが返ってきた。あの当時にいったいどうやって調べたんだか……原料の麦がどうの、蒸溜《じょうりゅう》がどうの、ピートがどうの、地方ごとの特色がどうのって話から、日本に初めてウイスキーを持ってきたのはペリーの黒船だなんていう話まで」

「えっ、黒船!?」

「ああ。ボソボソ面倒そうにだが、いちいちしっかり教えてくれた」

「シングルモルトなんて、当時のバーにあったんですか」

波佐間が訊くと、北方はロングモーンを一口含んで「いや」と首を振る。

「当時は国産か、スコッチでもブレンディッドだったよ。若いもんはハイニッカやらレッドやら角瓶《かくびん》をやって、ダルマやらリザーブは高級品でバーの棚《たな》に並んでた。冷蔵庫が普及して家でも氷ができるようになって、ウイスキー人気がぐんぐん高まったころだな」

「じゃあ、じいさんは時代の波に乗ってたってわけだ」

「それがそうでもなかった。あいつが憧れてたのは、あくまでスコッチのシングルモルトだったから。偏屈で変わり者だったんだな」

クスと笑って、空《から》にした小皿をこちらに戻してよこした。

波佐間はそこに柿の種のお代わりをザラザラと入れる。

「ここのバックバーにはブレンディッドも並んでます」

「みたいだなぁ。子育てなんぞやって、あいつもだいぶ角が取れたのかも知れない」

北方の苦笑顔が「生きてるうちに会ってみたかった」と言っているようだった。

ゆるゆると飲んで、やがてグラスが空《から》になる。

「おかわり。同じやつを今度はストレートで」

言われて、引き取るグラスにそのまま注ごうとすると、

「新しいグラスを使いなよ。冷えたところに注いだら二杯めがもったいないだろう」

「……はい」

「チェイサーと、それからスプーンももらえる？」

出された二杯めを一口飲んで、それから北方はスプーンですくう水をグラスに足して、香りを確かめた。

まるで遠いむかしに嗅《か》いだ香りを思い出すような顔つきだなと思っていると、

「こうすると香りが開くんだ」

「そうですか」

「美映子ちゃんってのは、銀座の子だった」

しばらくして、かすれ声で北方が言った。

由比が目をまるくして訊いた。

「って、バーに勤めてたってこと?」

「ああ」

「へー、意外!　一臣そっくりな性格のじいさんに、お水系のカノジョかぁ」

「うるさいよ、由比」

「だってそうだろ?　もしかして、じいさんも選《よ》り好みしないタイプだったとか?」

冗談口調で言ったあと、とん、とこちらを小突きにきた。

柱時計を仰《あお》ぐと、いつの間にか一時が近くなっている。

「サービスタイムの準備するんで、話、ちょっと待っててもらえます?」

由比がそう言って北方に断り、いそいそとカウンター下からキャンドルを引っ張りだした。

「一臣ぃ、おもての看板」

「……わかってる」

喉《のど》が渇《かわ》いて、グラスにミネラルウォーターを一杯注いだ。

〝サービスタイム〟を値下げタイムだとでも思っているのだろう。北方はさして気にしない様子で、ロングモーンをちびちび楽しんでいる。

……いいのか。

チラリと考えながら、波佐間は重い足を動かしてカウンターを出た。

もうすぐ深夜一時が訪れる。

看板を掛け替え、由比がキャンドルに火を灯し、店内の明かりを消したら、それを合図に〝特別な客〟が訪れる。

北方はそもそも祖父に会うために、この街を訪れた。

祖父の営《いとな》んでいたバーの客となり、祖父の思い出話をしながらウイスキーを飲んでいる。

彼が逢《あ》うべき向こう岸からの客が、祖父以外の誰かであるとは思えない。

ふり返って、由比を見る。

昼間はだるそうにしていたクセに、いまは見るからに生き生きとして顔色もいい。

「由比」

「何?」

「おまえが看板、掛け替えに出る?」

「あ? 何で? おまえ行ってよ。俺、こっちで忙しい」

「……わかった」

カウンターを離れて、引き戸を開け、真夜中すぎの四三小路に出た。

カロンが道の隅でおとなしく待っていた。

漆黒《しっこく》の眼が、こちらをジッと見上げている。

〝いいのか?〟と問われているようにも〝邪魔するなよ〟と睨《にら》まれているようにも感じる。

野良犬小路《のらいぬこうじ》の賑《にぎ》やかな明かりも、もうこの時間になると見えない。

鉄製のフックに掛けられた木の看板をいったんはずし、上下逆さまに持ち替えた。

祖父お手製のそれをゆっくりと掲げ、フックに掛け直す。

……終わりだ。

これが当たり前で、自然だ。

相変わらずこっちを見上げているカロンと、目を合わさずに店のなかに戻った。

由比が七つのキャンドルをカウンターに置き終えている。

「よーし。準備ＯＫ」

子供のころから変わらない笑い方で嬉しそうに言ったあと、ちょっと首をかしげて困ったような顔をした。

「一臣……」

由比が何か言おうとしたところで、北方の話のつづきが始まった。

「あんたのじいさんは、女たちに人気があった。背が高くて美男子だったたし、無口でつれない態度だったのが、ガチャガチャうるさい他の連中なんかより、洒落《しやれ》て見えたんだろう。界隈《かいわい》の店に勤めてる女たちから、しょっちゅう〝送っていって〟だの〝おごってあげる〟だの誘われてたよ。だけど、まるきり靡《なび》くそぶりがなかった。それで女たちはあきらめて、ついでみたいに俺なんかの相手をしてくれたもんさ」

波佐間はカウンターに戻って、また水を飲んだ。空《から》になった北方のツマミの小皿に、柿の種をザラリと足した。

「美映子ちゃんも、そういう女のなかの一人だった。彼女を贔屓《ひいき》にしてた男が、うちの店の客でね。三日と空けずに飲みに来てたんだ。ずいぶん金払いのいい男で、一軒めが美映子ちゃんの勤めてたバー、二軒めに女の子たちを引き連れてうちの店、っていう具合でね。ソファに陣取ってワイワイ騒いで……男が他の子にかまってる隙《すき》に、美映子ちゃんはかけてたよ」

蝶々《ちょうちょう》みたいにひらひらカウンターにやって来て、無口な波佐間に楽しそうにちょっかい

「きれいなひとだった?」

「ああ、そりゃあね。でも、他の子に比べて飛び抜けてっていうんじゃなくて、顔だちはきれいだったが、それよりとにかく笑顔がよかった」

「へぇえ」

「明るくて、よく笑って、おしゃべりの途切れる間がない子だった。波佐間のやつに惚《ほ》れて秋波《しゅうは》を送ってるっていうより、まるで子犬が気に入った相手に好き放題じゃれてるように見えたもんだ。おかわり、頼むよ」

「……」

「おい、一臣?」

「ああ、すみません。同じものでいいですか」

差し出されたグラスを、少し遅れて受け取った。

ロングモーンを注いで北方に返した。

「あいつはまるで気のないそぶりで、いくら美映子ちゃんにちょっかいかけられても、ニコリともしなかった。美映子ちゃんがあれこれ十分ばかし話して、ようやく波佐間が『え

え』とか『そうですね』だよ。俺たちバーテン仲間は美映子ちゃんつかまえて『あいつを追っかけてもムダだから、俺にしときなよ』って口説《くど》いたもんさ。それでも彼女はケラケラ笑って『あたし、返事がなくたって平気なの』って、やつのそばから逃げなかった」

「ふぅん、物好きだったんだなぁ。一臣のばあさん」

そう言ってクスと笑う由比の横顔を、キャンドルの明かりのなかに見た。

「半年くらいして、あいつが急に店を辞めると言った」

「え。いきなり?」

「ああ。いきなりだった。師匠《ししょう》にはもう話したからと、寮で寝るまえ、いつもと変わらずぶっきらぼうに俺に打ち明けた。おかしな気分だったよ。驚かされてムカッ腹が立ったのと……こんな俺に、こいつはちゃんと挨拶《あいさつ》してってくれるのかと思って、少し嬉しかったのと」

「理由、なんて?」

「子供ができたから堅い仕事に就《つ》きたいとさ」

「子供?　美映子さんに?」

「ああ、そう言った。俺は反射的に〝そりゃ本当か?〟と思ったよ。彼女には金持ち男がくっついてたし、波佐間と美映子ちゃんがイイ仲になってるそぶりはまるでなかったから」

「それから?」

「何日かして、あいつは本当に店を辞めた。あとから師匠から話を聞かされて、同僚みんなが〝波佐間は美映子にいいように騙《だま》されたんだ〟と噂《うわさ》した。あいつに反感ばかりだった連中も、とたんに同情して〝美映子はひどい女だ〟ってことになった」

三杯めをゆっくり飲み干し、北方は「ふう」と息をついた。

〝本当に、あれは波佐間の子だったんだなぁ〟

北方は、だからさっき、ああ言ったのだと理解できた。

自分のグラスに水を注ぎながら、波佐間は訊いてみる。

「そのあと、祖父とは一度も会わなかったんですか」

「そうだな、一度も会わなかった。たまに、思い出したみたいによこされる手紙だけで」

「うちにもハガキが来てました。山の写真の」

「ああ。無口な上に筆無精《ふでぶしょう》で、書いてあってもほんの一行か二行だった。師匠のところに来てたハガキを最初は見せてもらうだけだったのが、そのうち師匠が死んで、俺から知らせを書いたら、それからはこっち宛《あ》てにハガキが来るようになった。〝息子が学校に上がりました〟とか〝息子が家を出てひとりになりました〟とか〝雇われでまた、むかしの仕事に戻りました〟……〝スコットランドを旅しました〟……〝小さな店を持ちました〟」

一枚一枚を懐かしむのか、北方が深いシワを目尻に刻む。

「波佐間のやつとは会わなかったが、一度だけ、美映子ちゃんとは会ったことがある」

「え。いつごろ?」

カウンターに乗り出して由比が訊いた。

「波佐間が店を辞めて一年ばっかりしたころだった。金持ち男と一緒だった」

「ええっ?」

「波佐間とは、別れたと言ってた。別れて、そっちの男と結婚したってさ。雨の日で、派手な柄《がら》の上等そうな傘《かさ》をさして、相変わらず陽気に笑ってた」

思いも寄らない物語の結末に、喉《のど》の渇《かわ》きを忘れて、波佐間は北方を見た。

てのひらで包んでいた空《から》のグラスを置いて、北方がやおらスツールを降りる。いささか酔ったのか、ゆら、と覚束《おぼつか》ない足どりで歩きだし、カウンターの入口まで来ると、

「注ぎ方くらい教えてやろう。あいつの孫のクセに、てんでなってない……」

入ってこようとする北方を、とっさに波佐間は腕を広げて遮《さえぎ》った。

背後で由比が、不思議そうに言った。

「なんだよ、一臣。教えてもらえばいいじゃん」

目を見開いて立ち止まる北方が、顔を歪めて苦笑した。

「なんだ。あいつと一緒だ……」

「え」

「あいつも、初めて会ったときに、そうやって俺を締め出しやがったんだよ。銀座の店に雇われてすぐ、まだ顔合わせのすまないうちに様子見に行ったら……無愛想な声で言いやがった。『勝手に入るな。ここは神聖な場所だ』って」

……神聖な場所。

「ロマンチストだったんだな、おまえのじいさんは」

酔いのせいなのか少し震える手をポケットに突っ込み、名刺サイズのカードを取り出して、北方はカウンターの端に置いた。カードには店の名前が記されている。

「だいぶむかしに、バーテンはクビになって辞めたんだ。しけた店だが、赤提灯《あかちょうちん》をぶらさげた飲み屋をほそぼそやってる。電車使って三〇分もかからないとこだ。何か訊きたくなったら来るといい。もっとも、じいさんとは違ってシングルモルトなんぞはからっきしわからんが」

ぼちぼち帰るよ、と言って財布《さいふ》を開く。

時計を見ると二時が近い。

ふり返って、由比と顔を見合わせた。

……来なかった。

「いくらだい？」

「いえ。サービスタイムなんで、いりません」

「そういうわけにいかんだろう。じゃあ、これで」

千円札三枚をカウンターに置いて、北方はこちらに背を向けた。

ガラガラと戸が開き、閉められる。

カウンターの入口に立ち尽くしたままで、波佐間は客の後ろ姿を見送った。

由比が「あ」と気づいて、フロアに出ようとした。

「忘れ物してる。ハンカチ」

パッとそれをつかんで北方を追いかけようとするのを、波佐間はとっさに腕を伸ばして引き留めた。

「俺が行く。よこせ」

由比を店に残し、戸をピシャリと閉めて四三小路へと飛び出した。

「北方さん、ハンカチ！」

タクシー乗り場へと抜ける細道で、千鳥足《ちどりあし》の北方に追いついた。

忘れ物を手渡し、少し言葉を交わして、別れる。

引き返してくる暗い小路のとちゅうで、ふと甘い香りを嗅《か》いだ。

『間』に戻ると、由比がつまらなそうに頰杖《ほおづえ》をついていた。

「会えると思ったのになぁ、じいさん」

頰をふくらませて残念がる。

「無口なのが二人になったって、面白くないだろう」

「それもそうだけどさぁ。でも、ちょっとはこの店、流行《はや》ればいいと思うだろ？　じいさんのころには常連客もいたわけだし。なのに、いまじゃ閑古鳥《かんこどり》だし」

孫を鍛えてもらおうと思ったのに、と由比がグチる。

それを聞いて、さっさと店仕舞いに取りかかりながら「ああ、そういうわけか」と初めて知った。

……つづけばいいと願ってるのは、俺だけじゃないのか。

のろのろとグラスを洗う由比が、ふとこちらを見て言った。

「あれ？　おまえ、脱いだの？」

訊かれて、何のことだかわからない。

「脱いだって、何を」

「着てただろ、ベスト」

「ベスト？」

「そう。バックバーの写真のと同じやつ。〝師匠〟から、じいさんがもらったっていう。おまえにしちゃ珍しくサービスして、北方さんのために、家からじいさんのお古を持ってきたのかと思ったんだけど」

教えられて自分の胸のあたりを見下ろし、ベストなど着けておらず、着た覚えもないことを確かめた。

……もしかして、来てたのか。

目を瞠《みは》って、波佐間はそう思う。

寡黙《かもく》で、孤独を愛した祖父。自分によく似た孫の体を借りて、そのひとは旧友に逢《あ》いに来ていたのだろうか。

同時に、ついいましがた小路で嗅いだ香りは、華やかな女物の香水だったのだと気がついた。

店の戸口に視線を向け、向こう側へと帰っていく仄《ほの》かな人影が二つ、磨り硝子《ガラス》に映っていはしないかと捜してみた。

由比がまだブツブツとグチを吐きながら、不思議そうに首をかしげている。

「何だよ。どうかした？　おまえ、すごく変な顔してるぜ」

9

トントントン、と軽快な音が聞こえている。

「だいたいさぁ、おまえの買い物センスって、どうかしてるんだよ」

まな板の上の野菜を次々と刻みながら、由比が朝から不平の垂れ流しだ。

「珍しくヤル気になって買いまわってくれたのはいいけどさ。仕入れてきたのが、山盛りの茄子《なす》ときゅうりとシシトウと豆腐って、いったい客に何食わせるつもり？」

「安かった」

「そりゃ高いよりはいいよ。けど、もうちょっと肉とか魚とかさぁ……いくら俺でも料理すんのに困るんだよ」

長めの髪を一つにまとめ、真剣な顔でメニューを考えている。

「いつもどおりの豚汁でいい」

「豚なしでか!?」

「じゃあ、けんちんは」

「根菜ないと、さすがに気分出ないだろ」

「カレー」

「うーん……採用！　挽肉《ひきにく》のかわりに豆腐使って作るか。タマネギちょっと残ってたよな。あとキドニーかヒヨコ豆の缶詰。〝ヘルシーでダイエット効果抜群《ばつぐん》のキーマカレー〟……よしっ、おまえは女子大生にアピれる貼り紙作って」

　由比がまな板を占領して野菜を切りはじめたので、波佐間はシンクで押し豆腐を作る。買ってきた木綿《もめん》豆腐を布巾で包み、ザルに入れて上から重しをかけた。

　米をといだあとは暇になったので椅子《いす》に腰かけ、煙草《たばこ》をくわえる。

　由比が読みかけにして伏せた『スコッチウヰスキー・ディクショナリー』を開くと、ロングモーンの解説ページだった。

「あ、それ、調べてみた。昨夜、おまえが北方さんに出したやつ」

「ふぅん」

「ロングモーンは、ゲール語で〝聖人の地〟っていう意味だって。日本のウイスキー・メーカーの創業者が修業したこともある蒸溜所らしいよ」

「ふぅん、そう」

聖人の地……聖なる場所。

だとしたら、その酒を北方のために選んだのは、自分ではなく祖父だったのだろうと、波佐間は思う。

煙を吐いていると、由比が寄ってきた。

スイ、と指をよこして煙草を取り上げていく。

「返せよ」

「やだよ。言ったろ、おまえには長生きしてほしいって」

「〝おまえには〟って、何だよ」

「俺はほっといたって気楽に長生きしそうだろ。イヤなんだよ、おまえとあんまり寿命が違うと。さっさと先に逝《い》かれたら、寂しいじゃない」

人の煙草を勝手にくわえて、すう、と吸い、今日もまた「マズイ」と顔をしかめた。

そんな由比を見上げながら、北方との会話を思い出した。

しわくちゃのハンカチを返しに店を飛び出し、暗い横丁の細道で彼に追いついた。

ハンカチを受け取った相手が、老いた顔を穏やかに歪め、

『肝臓痛めててね、あんまり先が長くないんだよ』

ポツリとそう言った。

『じいさんが逝《い》ったのが最近だったって聞いて、変な話だがホッとした。実は、去年のはじめに出した葉書に〝じき会いにいく〟と書いたんだ』

『そう、ですか』

『俺はね……美映子ちゃんに惚《ほ》れてた。長いこと波佐間のやつが羨《うらや》ましかった』

『祖父は、そのひとにフラレたんでしょう』

『いいや』

『子供を置いて出ていって、他の男と結婚したんじゃないんですか』

『あのとき……雨のなかで会ったとき、彼女は笑いながら言ってた。〝あたし、もうじき死ぬの〟って』

『え』

〝じき死ぬの、あたし〟

波佐間とともに姿を消した彼女に、一度だけ再会した。

派手な傘《かさ》をクルクルまわしながら、雨のなかで陽気に彼女は言った。

『ねえ、北方ちゃん。

あたしがなんで、あのひとにうるさくまとわりついたかわかる？

あのひとのそばには、おっきな空《から》っぽがあって、あたしみたいなおしゃべりな女が、その空っぽを埋めるのにちょうどいいの。

あのひと、黙って何にも言わないけど、あたしたち相性ぴったりなのよ。

なのに、あたし、少しすると死ぬんですって。

病院の先生が怖い顔して、間違いないって言うの。

でもね、もし目のまえで死んだりしたら、あのひと、ついて来ちゃうと思うのよ。

だから世話の焼ける赤ん坊を置いて、家を出たの。これできっと大丈夫』

大丈夫。ちゃんと長生きしてくれると思うわ、と女は笑った。

笑い顔の頰《ほお》を、雨雫《あましずく》が濡らしていた。

北方が最後に言った。

『美映子ちゃん、伝えてほしかったんだと、思うんだ』

その想いを、自分が死んだあとに愛する男に伝えてほしいと、彼女は望んでいたのだと思う……かすれ声でそう語り、肩をすぼめてタクシー乗り場のほうへと去っていった。

「なぁ、一臣。今日、天気いいな」

仕込みを終えた由比が、カウンターを出て伸びをする。

磨り硝子《ガラス》越しに、おもての明るさがぼんやりと見えている。

夏場になると太陽が高くなって、天気のいい日中は四三小路も陽射しに照らされる。

戸口に近づいた由比が、ガラガラと音を立てて引き戸を開けた。

白いまぶしさが店内に入り込み、由比のほそい輪郭《りんかく》を曖昧《あいまい》に見せる。

どこかでジージーと音がする。早い蟬《せみ》だろうかと思いながら、波佐間は過去の声に耳を傾ける。

まぶしいくらいに明るい校舎裏手の階段。

由比のクラスメートが集まり、話していた。

『なあ、不思議じゃね？　なんで由比って波佐間にくっついてるんだと思う？　あいつ、クラス違うし、全然面白くねーのに』

『あー、それ。俺、訊いたことある。由比に、どーして？　って』

『へえ。何でだって？』

『〝あいつのそばには俺がぴったりなんだ〟って。ちょうどいい居場所があるんだと』

『なにそれ、ワケわかんねー』

カア！　というカロンの鳴き声で、はたと我に返った。

由比が陽気に話しかけている。

「よ。おっはよ、カロン。天気いいのに、俺、今朝はなんだか調子いいんだよ。なぁ、かずお……」

戸口から一歩出て、どこかへ向かおうとした由比を、波佐間は背後からグイと抱き留めた。

「うわ!?　おまえ、何?　いきなり」

……頼む。消えるなよ。

口を開きかけたところに、

「おはようございまー……」

ひょこ、と店のおもてに顔を出したのは、リノである。

笑顔でこちらをのぞき込もうとしたとたん目をまるくして、おでこにギュッとシワを寄せた。

「やっぱり!」

由比が慌てて手を振りまわす。

「て、何?　リノちゃん?　たぶん誤解だよ、それ。おい、一臣、放せって!」

弁解もむなしく、リノが仁王立《におうだ》ちで言い放った。

「構いません、あたし!　こないだも言ったけど、負けませんから!　今日は文句言いに来たんです。波佐間さん、優花のこと泣かせたって聞きました。大事な友だちに何してくれんの、って言いたくて!」

昼間の四三小路に、勇ましい声が響き渡る。

由比はバタバタともがき、波佐間はなんとなく腕に力を込める。

「わわ、リノちゃん、行かないで？　せっかくだから食べてってよ、俺のランチ。ダイエット効果抜群《ばつぐん》、ヘルシー・キーマカレー。ちょっ、一臣、ふざけんなって！」

「うるさい客が減って好都合だろ」

「どこが!?　客減らして喜ぶ飲食店なんて、あるかよ。おーい、リノちゃーん」

足音高く去っていくリノの代わりに、ひょい、ともう一人の客がおもてに姿を見せる。

優花だ。

「あ、優花ちゃん？」

「こんにちは」

ぺこりとおじぎをした優花が、半分困ったような顔でこちらを見た。

「あの、お礼を、言いに来たんです」

「礼？」

「はい。波佐間さんに」

「えっ？　一臣に？　俺じゃなくて？」

驚く由比からようやく腕を放し、波佐間は優花を見下ろした。

「あの……ありがとうございました。このあいだ〝きっぱり言えばいい〟って、アドバイスくれて。あたし、あのあとリノに話しました。リノの勢いにいっつも負けてばっかりで、何でも『うん』って言っちゃってたこと。ほんとは麦人くんとじゃなくて、リノと二人で話したいときもあったって、正直に」

「で？」

「それで、リノと仲直りしたんです。波佐間さんのおかげです」

「そう。よかったね」

よかったね、と言うと、由比と優花がそろって、あっけにとられた顔でこちらを見た。

「うわ、一臣、おまえ、やさしそうで気色悪ぃ」

「あの、それじゃ、また……」

波佐間は仏頂面《ぶっちょうづら》で店のなかへと引き返す。

女子二人が慌ただしく去って『間』のまえには、かすかに優しい香りが残される。

看板カラスのカロンが、横道の暗がりからジッとこちらを見つめている。

〝ウイスキーの語源を知っているかい、一臣くん〟

その酒は、生命《いのち》の水という名前。
心地いい酔いは、今朝も醒《さ》めない。
醒めなければいいと、いまはまだ願っている。

【参考文献】

「ウイスキー&シングルモルト完全ガイド」　PAMPERO編　池田書店
「知識ゼロからのシングル・モルト&ウイスキー入門」　古谷三敏著　幻冬舎
「ウイスキー通」　土屋守著　新潮社
「スコッチ三昧」　土屋守著　新潮社
「GPS&雪崩ビーコンかんたん」Powder guide編集部他編　パウダーガイド社

※この作品はフィクションです。実在の人物・団体・事件などにはいっさい関係ありません。

集英社オレンジ文庫をお買い上げいただき、ありがとうございます。
ご意見・ご感想をお待ちしております。

● あて先
〒101-8050　東京都千代田区一ツ橋2-5-10
集英社オレンジ文庫編集部 気付
真堂　樹先生

ラストオーダー

～そのバーには、なくした想い出が訪れる～

集英社
オレンジ文庫

2015年12月22日　第1刷発行

著　者　真堂　樹
発行者　鈴木晴彦
発行所　株式会社集英社
〒101-8050東京都千代田区一ツ橋2-5-10
電話【編集部】03-3230-6352
【読者係】03-3230-6080
【販売部】03-3230-6393（書店専用）
印刷所　凸版印刷株式会社

※定価はカバーに表示してあります

ISBN 978-4-08-680052-5 C0193